W0402853

CHI Zijian

LE COURAGE DES OISEAUX MIGRATEURS

Roman traduit du chinois
par Yvonne André

Éditions Picquier

Ouvrage publié sous la direction de
CHEN FENG

DE LA MÊME AUTRICE
AUX ÉDITIONS PICQUIER

Toutes les nuits du monde
Bonsoir, la rose
Le Dernier Quartier de lune
A la cime des montagnes
Neige et corbeaux

Titre original : *Houniao de yonggan*
© 2018, Chi Zijian
© 2022, Editions Picquier
pour la traduction en langue française
Mas de Vert
B.P. 20150
13631 Arles cedex
www.editions-picquier.com
Conception graphique : Picquier & Protière
ISBN : 978-2-8097-1607-8

1

Ce que le vent de ce printemps précoce cherchait à subjuguer, ce n'étaient pas les arbres encore dénudés des vastes terres du Nord, c'étaient les rivières prises par les glaces. Il brûlait d'embrasser leurs bouches scellées tout l'hiver sous la neige et la glace. Rien n'était plus difficile que de leur arracher des mots d'amour. Pourtant, ce vent printanier plein d'audace et de sentiment les caressa sans fin de ses lèvres ardentes avec une vive passion, un jour, deux jours, trois jours, quatre jours, inlassablement, jour et nuit. Au bout de sept ou huit jours, la rivière Jinweng du Grand Nord, cette belle dame hautaine, enfin réveillée par ces lèvres brûlantes, abandonna ses vêtements de glace pour ouvrir son cœur à ce baiser longtemps repoussé.

Plusieurs jours de temps clément, avec des températures de treize ou quatorze degrés, avaient libéré la

Jinweng une semaine plus tôt que les autres années. Après la fête de la Pure Clarté, la fête des Morts, voyant les chauds rayons du soleil, Zhang le Noiraud se mit à préparer ses bagages pour rejoindre le site de protection des oiseaux migrateurs de la rivière Jinweng et se remettre au travail. Sa fille, Zhang Kuo, était impatiente de le voir quitter la maison. Craignant qu'il ne revienne en ville tous les dix ou quinze jours pour aller chez le coiffeur comme les années passées et ne réapparaisse sans crier gare pour la mettre dans l'embarras et lui causer des ennuis imprévisibles, elle avait acheté une tondeuse avec laquelle, selon elle, il pourrait se faire raser la tête par Zhou Dents de Fer.

« Pour se faire tondre, il faut aller chez le coiffeur, Dents de Fer n'est pas coiffeur. » Et son père refusa tout net de mettre la tondeuse dans ses bagages.

« Eh bien, tu peux demander aux nonnes du monastère de la Déesse de le faire. De toute façon, quand leurs cheveux repoussent, il faut bien qu'elles les tondent ; elles ne sont pas à une tête près », dit Zhang Kuo.

Son père mit un doigt sur ses lèvres et soupira : « Doucement ! Si elles t'entendaient, ça ferait toute une histoire ! »

Zhang Kuo fit la moue, ce qui gonfla ses joues et fit paraître son visage encore plus bouffi : « A plus de cent lis de distance, si elles m'entendent, alors, c'est que le dieu des Enfers va surgir des entrailles de la terre pour régler la circulation dans les rues de la ville.

— Holà ! Depuis quand des nonnes raseraient-elles le crâne d'un buveur d'alcool et mangeur de viande ? Quelle souillure ce serait pour elles ! Impossible ! » Et, toussant, il écarta la tondeuse comme un objet dangereux.

Enervée, elle appela Tete, son fils de sept ans, le fit se retourner et entreprit une démonstration de rasage du crâne. Comme une moissonneuse, la tondeuse arpenta la tête du petit garçon, à grand renfort de *tac tac*. Les cheveux de l'enfant tombèrent doucement comme les feuilles en automne ; tout en le rasant, elle commenta : « Regarde, père, c'est simple comme bonjour, à la portée du premier imbécile venu. Si ni Zhou ni les nonnes ne peuvent t'aider, tu peux te mettre devant un miroir et le faire toi-même. »

Zhang Kuo n'avait pas mis de serviette comme chez le coiffeur autour du cou de son fils, si bien que les petits cheveux lui tombaient dans la nuque et l'irritaient ; il rentra le cou dans les épaules comme un canard frappé par la grêle. C'était insupportable, il se secoua pour faire tomber les cheveux et fila dehors. Sous un bon soleil, une volée de moineaux s'abattit dans le jardin en gazouillant pour picorer quelque chose. Aux yeux de Tete, c'étaient des voleurs qui envahissaient le territoire des volailles de la famille. De toute façon, grand-père, l'ami des oiseaux, était en train de parler avec sa mère dans la maison, il ne le surveillait pas. Tete ramassa deux cailloux au pied du mur et les lança pour faire la leçon aux moineaux. Effrayés, ils s'envolèrent dans un grand froissement d'ailes, comme autant de taches de boue éclaboussant la chemise bleue du ciel.

Puisque son père refusait d'emporter la tondeuse, Zhang Kuo n'insista pas. Depuis qu'un tigre l'avait pétrifié de terreur onze ans plus tôt, son esprit n'était plus le même. Ses perceptions instinctives de la nature s'étaient aiguisées, il prévoyait de façon étonnante le vent, la neige, l'orage et même la venue d'une crue ou la sécheresse, mais sa compréhension et ses capacités de décision dans la vie courante s'étaient gravement dégradées ; il avait perdu sa vivacité d'esprit. Auparavant, il était de caractère jovial et il avait des idées bien arrêtées, mais maintenant, il était taiseux, lent et borné, susceptible de se laisser manœuvrer par autrui. Une discussion comme celle qu'il venait d'avoir avec sa fille était exceptionnelle.

Comme les autres années, Zhang le Noiraud emportait des vêtements de rechange, son matelas en peau de chevreuil, ses ustensiles de cuisine, ses affaires de toilette, des médicaments courants, bougies et allumettes, graines de divers légumes, torche électrique, jumelles, rasoir, imperméable, moustiquaire, sa pipe, son échiquier et son matériel de pêche. Zhang Kuo remarqua qu'il n'avait pas pris de tabac.

« Tu emportes ta pipe, mais pas de tabac, que fumeras-tu ? Le vent froid de Sibérie ?

— Mais c'est vrai, dit-il décontenancé, comment ai-je pu oublier de quoi nourrir ma pipe ? »

Prise d'une idée lumineuse, Zhang Kuo lui dit : « Père, en réalité, ça ne fait rien si tu n'emportes pas la tondeuse. Maintenant, les hommes ont tendance à se laisser pousser les cheveux, ça leur donne de l'allure ! Depuis deux ans, je n'ai pas vu un seul touriste au crâne rasé, la plupart ont les cheveux qui descendent jusqu'aux oreilles ; certains les gardent même encore plus longs ou attachés en queue de cheval, c'est élégant ! »

Tout en enveloppant son tabac dans du papier journal, il opina, comme s'il était d'accord.

Encouragée, elle poursuivit : « Père, si tu laisses pousser tes cheveux jusqu'à l'automne, tu auras encore plus d'allure que les chevaliers rompus aux arts martiaux de la télévision !

— Hé hé ! » lança-t-il en souriant.

S'approchant de lui, elle insista : « Les stars de Hollywood ne t'arriveront pas à la cheville ! »

Quand elle fut près de lui, il sentit une odeur de rhododendron, huma l'air et lui demanda, hésitant : « Tu es allée cueillir des fleurs en montagne ? »

Sans lui laisser le temps de s'expliquer, le téléphone sonna. Elle répondit. C'était un appel de Zhou Dents de Fer : « Dis à ton idiot de père que la débâcle est en avance cette année, qu'il prépare ses bagages, je passe le prendre demain matin pour aller à la réserve ornithologique.

— Ses bagages sont faits, il est prêt à partir.

— Fais-lui emporter quelques rouleaux de papier toilette. Cet idiot ne peut pas se résoudre à utiliser du papier, il s'essuie toujours le derrière avec des feuilles d'arbres et de l'herbe, c'est sale, et quand on vit sous le même toit, c'est comme si on habitait dans les latrines !

— La réserve n'est pas sans le sou, vous ne devriez pas être pingre au point de refuser d'acheter quelques rouleaux de papier toilette. Ça ne coûte que quelques dizaines de centimes, dit Zhang Kuo sans prendre de gants.

— Mais cet argent sert à acheter du grain pour les oiseaux. Pas question de le dépenser n'importe comment !

— Oncle Zhou, dit Zhang Kuo en riant, tout le monde sait que depuis que vous êtes le chef de la réserve, vous consommez des cigarettes et de l'alcool de qualité supérieure. Vous n'allez pas vous faire masser dans une petite boutique donnant sur la rue, mais dans les cabines de luxe des grands hôtels !

— Qui colporte dans mon dos ces racontars de merde ? s'énerva Zhou. Trêve de bavardages, il faut que j'aille vérifier l'état de la voiture. Si tu ne veux pas donner de papier toilette à ton père, il n'a qu'à rester chez lui cette année. De toute façon, ce ne sont pas les sans-travail qui manquent en ville, je trouverai facilement un soigneur pour les oiseaux.

— Père aime les oiseaux ; dans cette ville, la plupart des gens le savent, n'est-ce pas ? Si vous cherchez quelqu'un d'aussi benêt et d'aussi obéissant, qui connaît et respecte son métier comme mon père, ce ne sera pas si facile. » Et elle ajouta d'un ton menaçant : « Chef, je suis au courant pour les canards sauvages que vous volez à la réserve et que vous proposez ensuite à certains hôtels ou restaurants ; vous avez beau avoir des relations, si la chose s'ébruite, si on apprend que la réserve ornithologique est devenue un abattoir pour oiseaux migrateurs, qu'on y massacre des animaux sauvages, ce sera passible de prison. »

Grinçant furieusement des dents à l'autre bout du fil, Zhou riposta : « Quel est l'enfant de salaud qui cherche à me faire du tort ? Moi, je vais le dénoncer pour accusation calomnieuse. Les oiseaux migrateurs me sont aussi proches que mes propres parents, c'est peu dire que je les respecte. Les canards sauvages que j'apporte en ville sont tous morts de maladie, l'Office des forêts peut en témoigner. Pour quelques rouleaux de papier toilette, je ne te croyais pas aussi mesquine ; inutile d'en acheter, je vais en emporter pour ton père, assez pour qu'il se torche pendant plusieurs vies !

— Oncle Zhou, voilà qui est parler ! » dit Zhang Kuo réjouie en clignant des yeux.

Quand Zhang le Noiraud eut ficelé le paquet de tabac, songeant que le tabac va avec la pipe et qu'il avait failli l'oublier, pour ne rien omettre d'autre, il passa en revue tout ce qui était associé à ce qu'il avait préparé en énumérant pour lui-même : « Ce qui va avec la batterie de cuisine, riz, farine, huile et sel, eh bien, c'est Zhou qui s'en charge ; pour la pêche, il faut des appâts, dans la réserve, les vers de terre ne manquent pas, d'un seul coup de bêche, on en trouve un ou deux, donc pas de souci ; l'imper et la moustiquaire servent de boucliers pour se protéger des attaques de la pluie et des moustiques, mais pour l'instant, il n'y a pas encore de fleurs, donc il n'y a pas urgence. »

Son discours, savoureux dans sa logique, mit sa fille en joie. Après avoir reposé le combiné, elle dit à son père : « C'était un coup de fil de Zhou Dents de Fer pour te dire de préparer tes affaires, il vient te prendre demain matin pour aller à la réserve.

— Alors, c'est que, lui aussi, il a entendu l'appel des oiseaux ?

— Il n'est pas comme toi qui considères que tout ce qui a des ailes mérite autant de respect que tes ancêtres, dit Zhang Kuo d'un ton désabusé. Lui, c'est l'appel de l'argent qu'il a entendu ! »

La réserve ornithologique de la rivière Jinweng dépendait de l'Office des forêts de la ville de Wacheng. D'après le règlement, dès la débâcle et le retour des oiseaux migrateurs, à partir du jour où les deux hommes réintégraient les lieux, on versait au chef une première tranche d'argent destinée aux frais de protection des oiseaux. La bourse de Zhou Dents de Fer, toute plate après l'hiver, se gonflait alors autant que les yeux globuleux des poissons rouges.

2

Quand Noiraud et Dents de Fer arrivèrent à la réserve, ils aperçurent parmi les rides miroitantes de la rivière Jinweng quelques mouvements d'oiseaux revenus pour l'été. Aussitôt descendu de voiture, Dents de Fer se précipita vers le chalet pour voir si des animaux sauvages ne s'y étaient pas introduits pendant l'hiver en y causant des dommages exigeant des réparations. Noiraud, lui, ouvrit les bras comme pour embrasser la nature et fila vers la Jinweng. Il longea la rivière libérée du gel sur une bonne centaine de mètres et découvrit enfin six colverts, deux mâles et quatre femelles, arrivés les premiers. Les mâles étaient bien plus beaux que les femelles, plus gros, le bec d'un jaune éclatant, le cou bleu-vert cerné d'un collier blanc pur, comme s'ils portaient une écharpe en satin vert bordée d'argent leur conférant un air noble et élégant. Les femelles, bien moins jolies, avaient le bec noir et le plumage terne, mélange de noir, de brun et de blanc, les ailes parsemées de rares taches bordeaux ; leur livrée dégageait une impression de tristesse. Noiraud se dit que c'était l'époque des parades nuptiales, deux mâles pour quatre femelles, cela donnait aux mâles un large choix ; rien d'étonnant qu'ils nagent fièrement en tête de la troupe, vers le soleil levant.

Cependant, la scène se modifia rapidement à l'arrivée d'autres canards qui se posèrent sur la rivière. C'étaient surtout des colverts, mâles et femelles mêlés, sans cesse en mouvement. Parmi les nouveaux venus, une femelle avait sans doute formé un couple fidèle avec l'un des premiers mâles arrivés ; à peine se fut-elle posée sur l'eau que le mâle de tête se retourna brusquement et vola vers elle, tout ému. Ils battirent des ailes pour se saluer, enlacèrent leurs cous et s'effleurèrent tendrement comme pour exprimer un amour infini. Noiraud sentit son cœur s'emballer, il battit des bras comme pour s'envoler.

Dents de Fer survint alors, tout essoufflé, une pelle sur l'épaule, et dit à Noiraud qui dansait avec les canards : « Ecoute, idiot, ce n'est pas le moment de s'occuper des oiseaux, ils trouvent tout ce qu'ils aiment dans la vase de la rivière et ses petits poissons, ils ont des provisions à portée de bec sans avoir besoin d'allumer du feu et ils n'ont pas d'heure pour manger. Mais nous deux, si nous ne voulons pas jeûner ce midi, il faut nous hâter de reconstruire le foyer. Je ne sais pas si c'est un putain de chat sauvage ou un putois qui est entré juste pour démolir notre fourneau ! Dépêche-toi de recueillir un peu de glaise dans la rivière et va chercher quelques briques rouges sur le flanc du chalet pour remettre le foyer en état.

— Comment est-ce possible ? dit Noiraud en regardant Dents de Fer. Quand nous sommes partis à la fin de l'automne, nous avions fait exprès de leur laisser des couennes de porc devant la porte pour leur banquet du Nouvel An.

— Maintenant que tu en parles, je comprends ce qui s'est passé. Le malheur est venu de ces couennes. Comme ils avaient encore faim, ils se sont introduits dans le chalet pour chercher autre chose ; nous n'avions rien laissé à l'intérieur, ils n'ont donc rien trouvé, mais un voleur ne s'en va jamais les mains vides ; ils ont détruit notre foyer et emporté des morceaux de briques pour calmer leur colère. » Sans cesser de pester, Dents de Fer lança la pelle à Noiraud, puis, regardant avec intérêt les canards sur la rivière, il poussa un léger sifflement : « Merde alors ! Ils sont tout dodus, le vol de retour ne les a même pas fatigués. »

Le local de protection des oiseaux, implanté sur le cours moyen de la Jinweng, était un chalet sans étage de près de deux cents mètres carrés, disposé parallèlement à la rivière. Il était composé de trois pièces, plus la réserve de grain, une remise et la cuisine. On entrait par la cuisine, et comme Noiraud et Dents de Fer étaient grands tous les deux, le foyer était surélevé pour leur permettre de cuisiner sans fatigue en évitant de se courber. Toutefois, cette disposition présentait un inconvénient, ils dépensaient plus de bois. Parfois, quand ils cuisaient des raviolis farcis aux légumes sauvages et que les flammes ne montaient pas, ils obtenaient une espèce de soupe aux morceaux de raviolis. Noiraud aurait voulu profiter de la réparation pour abaisser le foyer ; sans parler de la diminution de la consommation de bois, les flammes lécheraient la casserole et il serait plus facile de cuisiner. Dents de Fer n'était pas d'accord. « Ce n'est pas le bois qui manque en montagne, si nous avons un grand foyer, cela veut dire qu'à la réserve, nous avons un solide appétit, peu importe que nous dépensions davantage de bois. Le foyer est comme nous, ce qu'il avale témoigne de sa bonne santé ; d'ailleurs, *à foyer élevé grande chance*, on évite ainsi la malchance et on n'a pas besoin de baisser la tête et de se courber pour cuisiner ; quel cuisinier aurait la taille d'un gamin ? »

Noiraud obéit aux ordres de son chef.

Inoccupé durant tout l'hiver, le chalet était froid et humide, il y régnait une déplaisante odeur de moisi. Mais dès que le feu serait allumé, la chaleur des deux murs intérieurs dissiperait le froid et l'humidité. Portes et fenêtres grandes ouvertes chasseraient l'odeur désagréable, soleil et brise tiède purifieraient les miasmes.

En réparant le foyer, Noiraud découvrit des empreintes laissées par un animal, avec cinq doigts comme une main humaine ; il comprit que les dégâts étaient l'œuvre d'un putois. L'année précédente, ils avaient quelques poules, et un putois avait eu l'audace de venir de grand matin leur en voler une pour la dévorer. Dents de Fer, furieux, avait fabriqué un grand piège à rat qu'il avait placé à côté du poulailler, il avait ainsi réussi à en tuer un. Tout le monde disait que la chair de putois n'était pas comestible, qu'elle sentait mauvais. Il avait dépouillé l'animal (dans l'intention de vendre la peau à un marchand pour faire des poils de pinceau), enduit sa chair rouge de sel, l'avait embroché de la tête aux pattes sur une baguette de bouleau, fait rôtir et s'en était régalé. Noiraud, qui aimait les yeux noirs et brillants du putois et savait que l'animal avait un vif esprit de vengeance, avait refusé d'y toucher. Dents de Fer s'était moqué de son manque de courage : il n'osait même pas manger du putois !

Noiraud redoutait que le putois ne revienne faire du grabuge après la réparation du foyer. Aussi, tout en ajustant les briques avec de la glaise, psalmodia-t-il tout bas : « Esprit putois, sois bienveillant, pardonne-nous ! Dorénavant, quand nous aurons quelque chose de bon à manger, nous n'oublierons pas de t'en offrir respectueusement. »

Dents de Fer occupait la chambre située au sud-est, la plus grande des trois pièces avec ses vingt mètres carrés ; elle possédait un *kang* sur lequel on pouvait coucher à trois, une armoire à glace, une grande table et deux fauteuils. Pendant que Noiraud réparait le foyer, il rangea ses affaires. Il défit ses bagages posés sur le *kang* pour mettre ses vêtements dans l'armoire, mais quand il en ouvrit la porte, il découvrit un rat mort sur le plancher ; il comprit d'où venait la mauvaise odeur qui régnait dans la pièce. Craignant la contagion, il appela Noiraud pour qu'il l'enlève de là.

Noiraud abandonna sa tâche, prit un morceau d'écorce de bouleau pour servir de linceul au rat et le ramassa avec. Dents de Fer lui recommanda de s'en débarrasser assez loin, car s'il le jetait trop près, il attirerait les corbeaux aux croassements désagréables.

Il était dix heures passées et il faisait un bon soleil. Ses rayons flottants, tels des fils de soie irisés, commençaient à modifier les couleurs de la terre. La couleur préférée du soleil était le vert, et lorsque l'herbe et les feuilles avaient reverdi, sur ce fond de verdure, il faisait éclore les fleurs sauvages. Les premières à fleurir sur les prairies au bord de la rivière étaient celles des queues-de-rat, suivies des azalées dans la forêt et partout sur les pentes. Noiraud respira dans l'air la fraîche odeur de l'herbe en pleine croissance. Les bois, qui prenaient en hiver le teint jaune d'une vieille femme, allaient retrouver une livrée printanière de jeune fille.

Noiraud fit plusieurs centaines de mètres avant de jeter le rat. En revenant vers le chalet, il entendit une série de *toc toc toc*, regarda dans la direction du bruit et découvrit un pic épeiche tacheté de blanc, le gendarme de la forêt ; agrippé au tronc d'un sapin de taille moyenne par ses griffes semblables à des ancres, il extirpait les insectes cachés sous l'écorce à l'aide de son bec acéré comme un marteau-piqueur. Notre foyer n'est pas encore réparé, pensa Noiraud mais toi, tu manges déjà, il y a vraiment de quoi nous rendre jaloux. C'est le hasard qui décide du repas des oiseaux, ils mangent ce qu'ils trouvent.

Ce pic épeiche avait le ventre blanc, une tache rouge vif au croupion, mais pas de bande rouge à l'occiput ; c'était une femelle. Elles pondent dans un trou d'arbre où leur nichée est à l'abri des prédateurs qui ne grimpent pas aux arbres. Mais pour l'ours noir qui est un bon grimpeur, un pic épeiche dans le trou d'un tronc est un dessert de choix au printemps.

Après avoir mangé un insecte, l'oiseau s'envola vers un autre arbre. Son vol fit battre le cœur de Noiraud qui aimait particulièrement voir un oiseau ouvrir ses ailes ; pour lui, chaque aile était une fleur qui s'épanouit ! Les ailes tachetées de noir et de blanc du pic épeiche, à l'instant où elles s'ouvraient, semblaient faire naître une rivière d'étoiles. L'oiseau se posa sur un autre arbre qui ne lui plut guère ; après une dizaine de coups de bec infructueux, il repartit, cette fois beaucoup plus loin, et Noiraud le perdit de vue.

Noiraud savait que, lorsque les oiseaux qui avaient migré vers le sud pour passer l'hiver seraient revenus les uns après les autres, les sédentaires restés sur place, gélinottes, faisans et pics épeiches, entreraient en compétition avec les migrateurs pour la nourriture. C'était une injustice envers les sédentaires qui avaient dû affronter l'hiver ; aussi, lorsqu'il donnait du grain aux migrateurs, n'oubliait-il jamais d'en répandre dans les endroits fréquentés par les sédentaires.

Rentré au chalet, il acheva la réfection du foyer, balaya les trois pièces à fond, puis aida Dents de Fer à décharger la camionnette ; ils rangèrent chaque chose à sa place et il était midi quand ils eurent fini.

L'estomac de Noiraud gargouillait et Dents de Fer avait faim, lui aussi. Il dit à Noiraud d'allumer le feu, d'éplucher et de couper finement deux pommes de terre et de les enrober de pâte pour faire une soupe de pommes de terre. Obéissant, Noiraud disposa des brindilles dans le foyer ; il allait allumer le feu avec une écorce de bouleau quand il s'avisa que le foyer tout juste réparé, dont la glaise n'était pas sèche, risquait de se lézarder s'il le faisait. La fumée se répandrait dans la cuisine et tout serait à recommencer. Aussi suggéra-t-il à Dents de Fer : « Nous avons apporté des galettes et des boîtes de conserve. Mangeons-les et laissons le foyer sécher une journée avant de l'allumer.

— Les conserves, gardons-les, elles ne s'abîmeront pas. Si un chat ou un rat grimpe dans le chalet, même avec des dents d'acier, ce glouton aura beau baver d'envie, il ne pourra pas les ouvrir. Ce midi, contentons-nous des galettes pour apaiser notre faim.

— Dans ce cas, nous ferions mieux d'aller au temple de la Déesse faire un repas végétarien.

— Ah ah ! » Et avec un sourire sarcastique : « Tu penses à la révérende Dexiu, n'est-ce pas ?

— Je voudrais leur porter de la moutarde frisée en saumure, pour mijoter avec du fromage de soja.

— A peine arrivé, tu veux aller leur offrir des légumes salés, les résidentes du temple de la Déesse ont bien de la chance !

— Des nonnes qui n'ont pas besoin de lampe la nuit, c'est extraordinaire ! » s'exclama Noiraud.

Dents de Fer en resta médusé. Il découvrait que le Noiraud de retour à la réserve ce printemps n'était pas le même que l'an passé, il avait des opinions personnelles. Il se dit que si l'esprit de Noiraud se réveillait au rythme de tous les êtres et devenait intelligent, il faudrait qu'il trouve le moyen de s'en débarrasser, car ce qu'il voulait, c'était un aide sans cervelle.

3

Pour aller du chalet au temple de la Déesse, il fallait passer un pont en bois. Long de cent mètres, arqué en dos d'âne, il s'enchâssait dans la rivière ; on l'appelait le pont du Croissant de Lune. De l'autre côté de la rivière, il restait à franchir une petite colline avant d'apercevoir l'entrée du temple. Il était implanté au nord, sur la rive gauche, et la réserve ornithologique au sud, sur la rive droite. L'obstacle de la colline empêchait le temple et le chalet de se voir malgré leur proximité. Mais ils se surveillaient par l'intermédiaire de la fumée de leur cheminée. Les hommes de la réserve savaient à quelle heure les nonnes du temple prenaient leur frugal repas en été, et les nonnes savaient à quelle heure Noiraud et Dents de Fer dînaient le soir. Parfois cependant, la fumée était invisible, notamment par temps d'épais brouillard quand fumée et brouillard se mêlaient tels des frères au sein de la même famille ; même avec une vue perçante, on ne distinguait plus rien ; de même, par temps de nuages bas, à peine sortie de la cheminée, la fumée était happée par les nuages, ou encore, par vent violent, elle était refoulée dans le conduit. Ces jours-là, Noiraud ne regardait pas la fumée du temple, car il lui était arrivé d'être abusé par les nuages ; il avait cru qu'il était arrivé quelque chose aux nonnes, et sans prévenir Dents de Fer, il avait pris le pont à la hâte et franchi la colline pour aller voir. Il était tout près quand le nuage s'était dissipé, révélant la fumée qui s'élevait tranquillement. Il allait rebrousser chemin quand un autre nuage bas était arrivé et la fumée avait disparu. Il avait compris que c'était le nuage qui l'avait interceptée.

La plupart des oiseaux migrateurs nidifiaient dans les fourrés de la rive sud de la Jinweng et sur les vastes terres humides de ses rives. Le temple de la Déesse étant légèrement en surplomb, les oiseaux y séjournaient-ils ? Oui, cela arrivait. Une année, des martinets de Sibérie avaient fait leur nid sous le toit de la première salle du temple. Après la naissance des petits, la mère avait disparu ; dans le nid, les oisillons réclamaient sans cesse à manger. La révérende Dexiu était venue en toute hâte solliciter l'aide de Noiraud. Que faire ? Que leur donner à manger ? Noiraud expliqua que les insectes et les alevins étaient les mieux à même de satisfaire leur appétit. La nonne objecta que lorsqu'on entrait en religion, on ne tuait pas d'êtres vivants, elles ne pouvaient donc toucher ni aux insectes ni aux poissons. Ce fut par conséquent Noiraud qui attrapa insectes et menu fretin et se rendit au temple, matin et soir, pour nourrir les oisillons. Il aurait voulu transférer le nid au chalet, mais il avait peur que la mère s'affole si elle ne trouvait pas ses petits à son retour. Elle ne revint pas avant qu'ils prennent leur envol et soient capables de se nourrir eux-mêmes. Noiraud se dit que tandis qu'elle cherchait leur nourriture, elle avait peut-être été victime d'un rapace. A l'automne, les ailes des petits s'étaient assez endurcies pour qu'ils migrent vers le sud. Noiraud était inquiet : sans leur mère pour guide, se perdraient-ils en route lors de leur premier voyage ? Ces deux dernières années, il avait pris l'habitude, dès qu'il apercevait un martinet, de s'immobiliser pour l'observer attentivement en se demandant si c'était un de ceux qu'il avait nourris. Si l'oiseau agitait les ailes et tournait autour de lui en lançant ses cris aigus, ou s'il laissait tomber une plume, Noiraud, tout ému, se figurait qu'il le saluait comme une vieille connaissance.

Comme d'habitude, Dents de Fer marchait devant, les mains derrière le dos, et Noiraud le suivait en portant les légumes salés et le pot à thé du gardien en chef. Grands tous les deux, ils avançaient d'un bon pas et eurent bientôt franchi le pont, puis la colline. D'ordinaire, si Dents de Fer toussait, Noiraud devait accélérer pour le rejoindre et lui tendre son pot de thé. Mais cette fois-ci, comme ils n'avaient pas allumé de feu, le pot était vide et Dents de Fer ne toussa pas pendant le trajet. Il se disait qu'il demanderait à boire au temple.

Tandis qu'il le suivait, Noiraud faisait attention à ne pas marcher sur l'ombre de Dents de Fer, pour qui l'ombre était taboue car elle représentait l'âme de l'homme. Noiraud y avait réfléchi et il pensait que c'était vrai. En effet, lorsqu'on déposait le corps d'un défunt dans la chambre mortuaire, on pouvait encore voir son ombre vivante projetée par la lumière du soleil ou celle d'une lampe, mais le mort avait perdu la parole. Une autre chose qui intriguait Noiraud, c'était que l'ombre était changeante, à l'ouest le matin et le soir à l'est. Elle était parfois plus grande que vous, et parfois elle était plus courte que votre bras. On aurait dit que le soleil s'y entendait pour se moquer des humains. C'est pourquoi, lorsqu'ils sortaient ensemble, Noiraud préférait qu'il fasse gris : les jours sans soleil, on ne voyait aucune ombre. Il lui était arrivé d'essayer de marcher sur son ombre pour voir si, comme l'assurait Dents de Fer, il lui arriverait quelque chose de désagréable. Il avait fait plusieurs tentatives, au soleil comme au clair de lune, mais il n'était jamais parvenu à marcher sur l'ombre qu'il projetait au sol. Il avait demandé à Dents de Fer pourquoi il n'y arrivait pas. Celui-ci lui avait répondu en éclatant de rire : « Pourquoi ? Parce que ton âme est morte avant toi ! » Il avait eu beau se torturer l'esprit, il n'avait pas réussi à comprendre le sens de cette réponse. Quand Dents de Fer présentait Noiraud aux visiteurs de la réserve, il ne manquait jamais de raconter cette anecdote en l'enjolivant : « Il aime à méditer sur la question de savoir pourquoi il est impossible à un humain de marcher sur son ombre. Dites-moi donc si un renard, si habile soit-il, peut se mordre la queue ? » Et les auditeurs se tordaient de rire.

Le temple de la Déesse était le nom que lui donnaient les gens de Wacheng, mais ce monastère de nonnes bouddhistes s'appelait en réalité le « temple du Pin et de la Neige ». Cependant, comme il abritait des nonnes et que le sanctuaire à l'arrière du temple était dédié à la déesse Guanyin que l'on prie pour avoir des enfants, on l'appelait « temple de la Déesse ».

Il était édifié à flanc de montagne, tourné vers le sud, fait de briques et de bois, couvert de tuiles grises, avec des murs peints en jaune. De taille modeste, ses trois sanctuaires ne dépassaient pas soixante à soixante-dix mètres carrés. Simple et sobre, il ressemblait plutôt à la résidence à cour carrée d'une famille aisée. Composé de huit bâtiments, outre le portail d'entrée et les trois sanctuaires successifs, il possédait une salle de méditation, un réfectoire, un dortoir et une boutique de vente d'objets religieux. L'ensemble était entouré d'un mur à hauteur d'homme, peint d'un jaune éclatant, semblable à une longue écharpe éblouissante. Les portes, fenêtres et poutres en camphrier exhalaient une senteur balsamique, et même lorsqu'on ne brûlait pas d'encens, l'air était imprégné de cette odeur. L'organisation était légèrement différente de celle de la plupart des temples. Les Bouddhas honorés en ce lieu avaient été choisis par le Bureau des cultes en fonction des préférences de la population locale.

La poutre du portail d'entrée était un tronc entier de camphrier, sans sculpture ni décoration. La tablette horizontale placée au fronton portait les trois caractères dorés *temple*, *Pin* et *Neige*. Sur les deux panneaux verticaux, de part et d'autre de la porte, on pouvait lire : *Les nuages de l'aurore teignent la robe de rouge, le ruisseau offre le bâton de la méditation*. La calligraphie était de la main de la vénérable Huixue, supérieure des nonnes. Une fois entré, on accédait par un bref couloir cimenté au premier sanctuaire, celui du Bouddha Maitreya. Ce gros Bouddha souriant trônait au centre de la salle, accompagné de part et d'autre par les quatre rois célestes protecteurs de la loi. Au sortir de cette salle, on longeait le « bassin où l'on relâche les êtres vivants » pour pénétrer dans le « précieux sanctuaire des héros » où l'on honorait Sâkyamuni, le Bouddha de la médecine, et le bodhisattva Manjusri. C'était le sanctuaire le plus en hauteur des trois, orné à l'entrée et à la sortie de brûle-parfums en bronze. On faisait ensuite vingt mètres entre deux planches de légumes pour atteindre le troisième sanctuaire, celui des trois saints du paradis de l'ouest, au centre Amitabha, le Bouddha de la lumière infinie, portant couronne, flanqué à sa droite par Mahasthamaprapta et à sa gauche par Guanyin, devenue la déesse dispensatrice d'enfants, la préférée des fidèles du temple. Le coussin de roseau placé devant elle était le plus usé ; enveloppé de velours jaune déchiré par les genoux des fidèles, il laissait apparaître la couleur de la paille, comme s'il reflétait la lumière du ciel.

Les statues en terre cuite peinte avaient un air vivant et naturel ; leurs couleurs fraîches sans vulgarité donnaient une impression de familiarité. Les fidèles qui venaient au temple demandaient bonheur et paix à Maitreya et aux quatre rois célestes dans le premier sanctuaire ; dans le deuxième sanctuaire, ils demandaient tranquillité du corps et protection contre les maladies au Bouddha de la médecine, la réussite aux examens au bodhisattva Manjusri et à Sâkyamuni un poste de fonctionnaire, richesse et longévité ; dans le dernier sanctuaire, ils imploraient la déesse Guanyin de leur donner une nombreuse descendance. En un mot, ils souhaitaient être gratifiés d'une vie ordinaire à la lumière du soleil. Ceux qui espéraient la pureté et le détachement pour eux-mêmes en ce monde et pour leurs défunts étaient rares. Aussi la cérémonie pour la délivrance des âmes du quinzième jour de la septième lune, destinée à ceux qui souhaitaient la renaissance au paradis de la terre pure, n'attirait-elle pas grand-monde.

Entre le premier et le second sanctuaire, s'élevaient d'un côté la boutique de vente d'objets religieux et de l'autre la salle de méditation ; entre le deuxième et le troisième sanctuaire, le dortoir se trouvait à gauche et le réfectoire à droite. Outre les deux carrés de potager, il y avait deux piles de bois de chauffage à l'intérieur du mur d'enceinte, derrière le dortoir et le réfectoire. Les sanctuaires étaient environnés de végétation, arbres et fleurs transplantés de la montagne. Ainsi, devant le sanctuaire principal dédié à Sâkyamuni poussaient un camphrier, un orme, des lis sauvages et des azalées. Le troisième sanctuaire était encadré de bouleaux et devant le portail du temple s'élevait un épicéa. Une bordure de fleurs faisait le tour des plates-bandes de légumes. Elles n'étaient pas cultivées, mais lorsque les nonnes faisaient leurs semis de légumes, elles ajoutaient des graines de fleurs à la volée, coquelicots, œillets d'Inde, cosmos et œnothères. C'était le hasard qui décidait des graines qui germeraient le mieux et donneraient le plus de fleurs, si bien que chaque année, les floraisons et les couleurs variaient.

Les trois nonnes qui vivaient au temple avaient pour nom de religion Huixue (Neige de Sagesse), Yunguo (Fruit des Nuages) et Dexiu (Noble Vertu). Huixue, bien que la plus jeune, en assumait la direction ; pour la distinguer des deux autres, on l'appelait respectueusement « vénérable ». Les deux autres étaient appelées « révérendes ». Huixue et Yunguo, invitées par le Bureau des cultes de Wacheng à venir défendre la loi, avaient prononcé leurs vœux ailleurs. Pour Huixue, c'était au célèbre Wutaishan. Les avis divergeaient sur le lieu d'origine de Yunguo, certains parlaient du Henan, d'autres du Shandong. D'après son accent, elle devait venir du Henan. Il y avait à Wacheng beaucoup d'habitants dont les ancêtres étaient originaires du Henan, aussi connaissaient-ils bien l'accent de là-bas. Si des fidèles lui demandaient d'où elle venait, Yunguo répondait toujours en levant les sourcils au ciel : « Quand on renonce au monde, seul compte le but, peu importe l'origine ! » Malgré la profondeur de ces paroles, comme elle levait volontiers les sourcils, les fidèles disaient qu'elle n'avait pas une grande piété. Dexiu, la plus âgée des trois, venait de Wacheng et tout le monde connaissait son histoire. Elle s'était mariée trois fois ; son premier mari était mort de maladie ; le deuxième, parti chercher du travail au loin, avait été fusillé pour avoir commis un meurtre ; le troisième était divorcé, et après son mariage avec Dexiu, dès qu'il avait de la fièvre ou mal à la tête, qu'il s'étranglait en mangeant ou se tordait la cheville en marchant, il se demandait s'il allait mourir, car on lui avait dit que sa femme était une porte-malheur qui avait enterré deux maris ; sûr et certain qu'il subirait le même sort. Il vivait la peur au ventre, convaincu que sa femme brandissait un couteau invisible qu'elle risquait de lui planter dans le cœur à tout instant. Redoutant de le voir mourir de peur, Dexiu lui avait proposé de divorcer. Le divorce réglé, elle avait vécu pauvrement dans la solitude, avec sa fille pour seule consolation. Cette fille qu'elle avait eue avec son deuxième mari était jolie comme un cœur. Après le lycée, elle échoua à l'examen d'entrée au conservatoire de théâtre et s'en alla chercher du travail dans le Sud. Moins d'un an après, elle revenait avec un homme de vingt ans son aîné, qu'elle présenta comme son amoureux. Cet homme avait été marié deux fois et possédait trois fabriques de chaussures à Wenzhou. Il n'était pas très beau, mais d'un caractère aimable, et paraissait honnête. Voyant que sa fille portait l'enfant de cet homme, Dexiu estima qu'elle devait accepter son choix. Personne n'aurait imaginé qu'après leur mariage, juste au retour de leur lune de miel en Malaisie, lors d'une rencontre avec un client au restaurant, il succomberait à une brusque hémorragie cérébrale. La jeune veuve se fit avorter. Revenue à Wacheng, elle rompit avec sa mère, car elle avait fait tirer son horoscope. Tous ses malheurs venaient de sa mère, lui avait-on déclaré ; on avait jeté un sort à sa mère et tous ceux qui auraient des relations avec elle finiraient mal ; elle devait rompre tout lien avec elle et ne jamais la revoir afin d'écarter le mauvais sort. Quand sa fille eut réglé son changement de résidence et quitté définitivement Wacheng, Dexiu tomba gravement malade. Elle voulait aller dans la montagne chercher un arbre pour se pendre, mais quand on lui dit que celui qui s'en allait volontairement dans l'autre monde ne pouvait se réincarner, elle prit peur. A ce moment-là, pour développer le tourisme, la municipalité de Wacheng avait édifié un temple bouddhique en face de la réserve ornithologique, de l'autre côté de la Jinweng. Inquiets du trop petit nombre de nonnes, les responsables qui connaissaient ses malheurs et savaient qu'elle disait volontiers en avoir assez de la vie, l'incitèrent à entrer en religion. Dexiu ne connaissait rien au bouddhisme, ignorait où résidait le Bouddha, mais chaque fois qu'un malheur lui arrivait, elle invoquait Amitabha dans le silence de son cœur. Pourtant, elle n'arrivait pas à franchir le seuil du temple. Elle s'enferma deux jours chez elle pour jeûner et tenter d'y voir clair, mais finalement, incapable de supporter la faim et la soif, elle but et mangea de la viande en conserve. Elle se dit que, puisqu'elle n'avait pas le courage de mettre fin à ses jours, devenir nonne était une voie possible. Après tout, il suffisait d'invoquer Amitabha à voix haute et de renoncer à la viande. Elle vendit sa maison, fit une donation au temple et, emportant ce qui pourrait lui être utile, s'y présenta pour prendre l'habit. Noiraud se souvenait que le soir du jour où la supérieure Huixue lui avait tondu la tête, il fendait du bois sous la lune, quand il avait entendu de légers sanglots du côté de la rivière. C'était Dexiu qui pleurait ses cheveux perdus. Elle s'était glissée hors du temple pour venir au bord de la rivière confier son malheur au reflet de la lune dans l'eau. Noiraud lui demanda pourquoi elle pleurait.

« Sans mes cheveux, dit-elle, jamais de ma vie je ne redeviendrai une femme.

— Maintenant que vous êtes tondue, vous devriez vous sentir légère, cela devrait vous réjouir ! »

Dexiu ne put réprimer un rire. Noiraud oubliait bien des choses, mais il se souvenait du rire de la nonne ce soir-là, un rire encore plus effrayant que des sanglots.

Ils étaient presque arrivés au temple lorsque Noiraud se rappela le rire de la nonne Dexiu cette nuit-là, et il ne résista pas à l'envie de demander à Dents de Fer : « Quand le rire d'une femme est encore plus discordant que des sanglots, qu'est-ce que ça veut dire ?

— De deux choses l'une », et Dents de Fer s'arrêta pour se tourner vers Noiraud, « ou son cœur est mort, ou elle a rencontré un revenant. »

Noiraud ouvrit de grands yeux :

« Je ne suis pas un revenant.

— Tu veux dire que tu as eu un rendez-vous secret avec une femme ? »

Il secoua la tête :

« Non, je l'ai rencontrée.

— C'était qui ? » demanda Dents de Fer, les yeux brillants.

Noiraud était sur le point de lui révéler le nom de la nonne Dexiu, mais il changea d'avis : « Il faisait noir, je n'ai pas bien vu. »

Depuis des années, il était incapable de mentir, mais quand ce mensonge lui échappa, il éprouva un sentiment de victoire, sauta de joie et se mit à siffloter.

4

A leur entrée dans le temple, Dents de Fer et Noiraud rencontrèrent d'abord la nonne Yunguo. Elle aimait agrémenter sa sobre tenue de toutes sortes de chapelets. Elle portait une courte veste ouatée grise sur sa longue robe de couleur bronze et des souliers de coton noir ; elle avait autour du cou un chapelet de perles d'éveil en forme d'étoile et de lune ; au poignet gauche, un bracelet d'agates rouges et au poignet droit, un bracelet d'ambre jaune, comme si le printemps s'était manifesté d'abord à ses poignets. Une burette de cuivre à la main, elle sortait du sanctuaire du Bouddha Maitreya où elle venait d'ajouter de l'huile dans les veilleuses.

Bien qu'elle fût une femme et Dents de Fer un homme, qu'il fût grand et elle petite, on aurait pu les croire frère et sœur, car ils avaient le même visage carré, nez droit, petits yeux et lèvres minces. Ils ne différaient que par les sourcils, courts, épais et broussailleux chez

Dents de Fer, fins et allongés en feuille de saule chez Yunguo.

« Bonjour, révérende Yunguo, dit Dents de Fer en la saluant les mains jointes, nous venons d'arriver à la réserve ; pensant à vous trois, nous n'avons pas tardé à venir vous voir et vous demander par la même occasion un bol de bouillie.

— Vous venez aussi demander l'aumône, répondit-elle malicieusement.

— En effet ! acquiesça-t-il en souriant. Vous n'avez pas de visiteurs aujourd'hui ?

— Si. Il y en a deux, ils sont montés vers le troisième sanctuaire. C'est l'époque difficile de la soudure, les visiteurs sont rares. Quand les arbres auront reverdi, qu'il y aura des fleurs et que les migrateurs humains seront revenus, ils seront nombreux à venir faire leurs dévotions au Bouddha.

— Cet hiver, vous avez vu du monde ? On m'a dit que, l'an passé, il y a eu beaucoup d'amateurs de neige et que l'aérodrome de Wacheng accueillait tous les jours plusieurs centaines de touristes.

— Ils se précipitaient vers les pistes de ski, ils n'étaient pas nombreux à venir ici.

— C'est sûr que faire du ski est plus attrayant que venir brûler de l'encens », soupira Dents de Fer.

La nonne ne protesta pas mais elle leva les sourcils au ciel. Dents de Fer, conscient de l'irrespect de ses paroles en ce lieu, fit le geste de se frapper la bouche, et les sourcils de Yunguo, telle une épée dégainée qui rentre au fourreau, redescendirent à leur place.

Dents de Fer avait remarqué que chez une femme privée de ses cheveux, les sourcils prennent du relief; ils deviennent l'étendard du visage. Les sentiments intimes des femmes se concentrent dans les sourcils. Il suffisait de regarder la supérieure Huixue; ses beaux sourcils en croissant de lune étaient toujours figés, comme brodés au-dessus de ses yeux; quoi qu'il arrive, ils ne bougeaient guère. Sans exprimer ni tristesse ni joie, ni colère ni reproches, ils se faisaient comprendre. Quant à ceux de la nonne Dexiu, ils ne se levaient pas vers le ciel, ils restaient constamment froncés.

Ils avancèrent dans le temple, et lorsqu'ils traversèrent le précieux sanctuaire des héros, ils virent un homme et une femme en train de faire leurs dévotions. Yunguo s'attarda pour ajouter de l'huile dans les lampes tandis que Dents de Fer et Noiraud se dirigeaient vers le réfectoire. En passant par le potager, ils remarquèrent qu'il avait été bêché; sous le soleil, la riche terre noire diffusait une sombre lueur, les nonnes avaient préparé le terrain pour les semailles.

Dans le réfectoire, la nonne Dexiu était en train de couper des pommes de terre. Elle avait grossi au cours de l'hiver, elle avait bonne mine, son long visage s'était arrondi, sa taille épaissie faisait paraître son tablier gris un peu juste. A la vue des deux hommes, elle posa son couteau, invoqua Amitabha, s'essuya les mains et leur dit : « Ces jours-ci, les marches du premier sanctuaire étaient maculées de fientes, je me suis demandé pourquoi, avec le retour des oiseaux migrateurs, on ne voyait pas trace de vous. Hier soir et ce matin, j'ai regardé longuement vers la réserve, mais votre cheminée était muette, il ne se passait rien ; en fait, vous étiez revenus. » Elle parlait fort ; auparavant, comme sa voix était voilée, même quand elle la forçait, elle donnait une impression de fragilité, mais maintenant, elle avait une belle voix sonore.

« Maître Zhang pensait à vous, dit Dents de Fer, c'est pourquoi nous sommes vite venus vous offrir un pot de moutarde frisée au sel de sa fabrication. »

Dexiu prit le pot de moutarde tendu par Noiraud, le regarda, en respira l'odeur et s'écria : « Le Bouddha nous bénit, comme vous êtes généreux ! Nous sommes au printemps, et pourtant, ces feuilles de moutarde sont d'un vert brillant, elles ont sûrement été préparées à l'automne en les roulant dans du gros sel, sans une goutte d'eau, et conservées dans une jarre hermétiquement close, gardée au frais dans l'obscurité. Sans cela, en fin d'hiver, elles auraient depuis longtemps jauni, suri, et seraient immangeables. »

Noiraud, surpris, regarda Dexiu, les yeux écarquillés, ce qui prouvait qu'elle avait vu juste.

Le réfectoire disposait de deux foyers, l'un en hauteur et l'autre plus bas, chacun avec son conduit d'évacuation pour la fumée. Sur le petit foyer mijotait du riz aux haricots rouges et, sur l'autre, l'eau était sur le point de bouillir. La nonne préparait un ragoût de pommes de terre aux algues. Puisqu'ils étaient là, il fallait un plat de plus, des navets sautés à la sauce de soja fermentée. Les deux hommes avaient soif, et quand l'eau se mit à bouillir, elle leur fit du thé. Ils le burent assis sur un banc devant le réfectoire pendant qu'elle cuisinait; l'odeur des légumes sautés dans l'huile s'échappait jusqu'à eux.

Dents de Fer dit à mi-voix: « Elles font sauter les légumes sans oignon ni ail ni gingembre, et pourtant leurs plats sont savoureux. Dexiu a un vrai talent de cuisinière. Quel dommage que son mari n'ait pas su en profiter et qu'elle soit devenue nonne! »

Noiraud égrena deux rires.

« Pourquoi ris-tu?

— Je me souviens que lorsque Dexiu venait d'arriver au temple, comme elle ne s'habituait pas à se passer d'oignon, d'ail et de gingembre et trouvait les plats insipides, elle fourrait deux *mantou* dans sa poche et venait arracher en cachette un oignon dans le potager de la réserve pour les accompagner. Quand nous l'avons découverte, elle a dit, toute malheureuse: "Ne pas manger de viande, ça se comprend, parce que c'est un péché de tuer un être vivant, mais dites-moi, l'oignon, l'ail et le gingembre, ce n'est ni viande ni poisson, alors pourquoi est-ce interdit par le bouddhisme? Dents de Fer l'avait taquinée: "Si cela vous manque, revenez dans le monde et vous mangerez tout ce que vous voudrez!" Mais elle avait répondu: "Même si c'était pire, jamais je ne reviendrais dans le monde." A l'entendre, pour elle, le temple n'était pas dans le monde. »

Dents de Fer fut stupéfait de découvrir que Noiraud se souvenait de cet épisode. Pour tester sa mémoire, il fit exprès d'inventer une histoire: « Te rappelles-tu la jeune fille qui faisait de l'auto-stop l'an dernier quand nous sommes revenus à la réserve ?

— Ah oui, dit Noiraud en levant la tête.

— Finalement, tu m'as dit qu'une jeune fille surgie de la forêt en pleine montagne était peut-être un esprit-renard ; nous ne nous sommes pas arrêtés pour la prendre, continua Dents-de fer.

— Oui, en effet. » Et Noiraud leva à nouveau la tête.

Dents de Fer était rassuré, Noiraud avait toujours l'esprit dérangé. La façon dont il avait acquiescé à ses paroles prouvait que dans son esprit il lui était toujours soumis.

La révérende Dexiu, laissant les plats mijoter, vint leur resservir du thé. Elle raconta que depuis le premier mois de l'année, les habitants de Wacheng s'étaient mis à cueillir les azalées avec frénésie ; ils avaient dévasté la montagne proche de la ville et étaient venus en cueillir jusqu'au temple. Des marchands achetaient ces fleurs pour les emporter dans les grandes villes où ils les vendaient cher. Un bouquet de sept ou huit branches valait entre vingt et trente yuans. Comme les fleurs ne coûtaient rien, tout le monde voulait profiter de l'aubaine et les azalées sauvages allaient disparaître. A cause de ce saccage, le printemps semblait moins beau que par le passé.

« C'est la faute des azalées qui ont une résistance à toute épreuve, elles restent sous la neige tout au long de l'hiver sans que leurs fleurs meurent. Cueillies et transportées loin de la montagne, même sans une goutte d'eau pendant huit ou dix jours, elles ne se flétrissent pas ; quand elles arrivent chez l'acheteur, mises dans l'eau à la chaleur, elles s'épanouissent avec exubérance. Dites-moi, si elles n'étaient pas aussi résistantes, y aurait-il des gens pour aller les vendre aussi loin ?

— Vous ne dites pas que les cueilleurs sont coupables, mais que les fleurs sont résistantes ! » La révérende Dexiu tremblait tellement d'indignation qu'elle faillit laisser tomber la théière.

Dents de Fer comprit ce qui l'avait mise en colère. C'est que les gens de Wacheng disaient d'elle que sa résistance avait causé la mort de ses maris. Quand il avait dit que les azalées étaient résistantes, naturellement, elle l'avait mal pris. Il se hâta de joindre les mains pour lui présenter ses excuses : « Tout ce qui a du caractère donne des fleurs peu ordinaires. »

La nonne retrouva son calme. Elle rentra dans le réfectoire pour surveiller la cuisson des plats et le feu dans le foyer, puis ressortit après avoir changé de tablier. Ce nouveau tablier était tout neuf, à fleurs roses sur fond bleu, avec une bordure de dentelle couleur chair. Il était, lui aussi, un peu juste et sa fantaisie ne s'accordait pas du tout avec le caractère de Dexiu. Elle-même n'était pas sûre d'elle, elle semblait mal à l'aise, on aurait dit une poule faisane entravée.

« Ce tablier vous va bien », dit Dents de Fer contrairement à sa pensée, et il se tourna vers Noiraud avec un clin d'œil : « N'est-ce pas ? »

Noiraud se passa la langue sur les lèvres : « C'est le tablier gris le plus plaisant.

— Maître Zhang parle vrai, dit la nonne. Je le disais bien, un tablier à fleurs, ce n'est pas mon genre, mais Yunguo est allée en ville pour le Nouvel An et elle me l'a acheté ; je trouve que c'est dommage de ne pas le porter. » Et elle rentra dans le réfectoire.

« La nonne Yunguo l'a affublée de façon ridicule », dit Noiraud.

Dents de Fer lui lança un regard mauvais.

Quand Dexiu reparut, elle avait remis le tablier gris. « J'ai appris que le commissariat s'était associé au Service de contrôle des ressources ; ils ont mis sur pied une équipe spéciale pour inspecter les cueilleurs d'azalées à tous les carrefours. Mais dans la montagne proche, tout a été cueilli ; s'ils s'en occupent maintenant, ils sont en retard de plusieurs saisons. Ceux qui voulaient s'enrichir l'ont fait, est-ce qu'on va aller prendre l'argent dans leur poche ? »

Dents de Fer abonda dans son sens : « C'est bien vrai, les fonctionnaires ne travaillent pas convenablement, ils s'y prennent toujours trop tard. »

La nonne en avait visiblement gros sur le cœur, elle avait besoin de s'épancher. Elle leur raconta que, le mois précédent, elle ramassait du bois à l'extérieur du temple quand elle avait rencontré un homme en train de cueillir des azalées. Elle l'avait exhorté à s'arrêter et à laisser les fleurs pour que Bouddha les voie. Mais l'homme lui avait répondu avec arrogance : « Vieille bonzesse, je te le demande, le Bouddha est-il clairvoyant ? S'il l'était, pourquoi les honnêtes gens seraient-ils malheureux alors que ceux qui se conduisent mal s'enrichissent ? Dis-moi donc, pourquoi les moines ne doivent-ils respecter que deux cent cinquante règles, alors que pour les nonnes, il y en a presque cent de plus ? Même dans les temples, il n'y a pas d'égalité, alors qu'est-ce que cela veut dire, cette fable des six puretés à respecter et de l'immatérialité du monde ? Vous vous racontez des histoires. Et si le Bouddha veut admirer les fleurs, pourquoi les gens ordinaires ne le pourraient-ils pas ? »

En lui-même, Dents-de fer trouvait cet homme plein de bon sens, mais il se sentit obligé de le critiquer devant la nonne. Ecarquillant les yeux, il déclara : « Quel vantard ! Il se croit plus malin que les autres !

— Si tous les hommes étaient comme vous, chef Zhou, la vie des femmes serait plus facile. » Mais en disant cela, elle avait les yeux fixés sur Noiraud.

Ce dernier crut qu'en le regardant, elle attendait qu'il se prononce sur ce que venait de dire Dents de Fer, et il déclara : « Quand le chef écarquille les yeux, c'est qu'il ment.

— J'ai écarquillé les yeux à l'instant ? demanda Dents de Fer d'un ton rogue en faisant de petits yeux.

— Oui, tu les as écarquillés, répondit ingénument Noiraud. Tu avais les yeux tout ronds, comme des yeux de chouette.

— A propos, s'écria la nonne, comment se fait-il que ces temps-ci, on ne voie plus de chouettes ? Ce n'est pas comme en hiver où on les entend sans arrêt.

— Vous qui venez de Wacheng, répondit Noiraud, vous ne savez pas ça ? Quand vient l'été, les chouettes vont nidifier plus au nord, elles ne reviennent que pour l'hiver.

— Alors, quand les autres oiseaux rentrent du sud, elles leur laissent la place ? dit-elle. Est-ce leur laideur qui les pousse à aller faire leur nid ailleurs ?

— Cela n'a rien à voir avec leur laideur, dit Dents de Fer. Ce ne sont pas des migrateurs d'hiver.

— Chez nous, il ne fait pas très froid, soupira Dexiu. Si elles s'en vont plus au nord, ne vont-elles pas se retrouver dans des cavités de glace ?

— Je suppose, dit Noiraud, que leur plumage est si épais qu'en été, elles craignent d'être prises de fièvre miliaire. »

La nonne se mit à rire, et Dents de Fer aussi. Noiraud, qui n'avait pas conscience d'avoir dit quelque chose de drôle, bougonna : « Il est temps de manger, mon ventre gargouille. »

5

Quand les oiseaux furent revenus dans la réserve, les migrateurs humains arrivèrent peu à peu à Wacheng.

Si les oiseaux se déplaçaient grâce à leurs ailes, les humains, eux, avaient recours aux avions, aux trains et aux autocars. A chaque printemps, le petit aérodrome, la gare ferroviaire et la gare routière ne désemplissaient pas.

Parmi les humains qui venaient passer l'été à Wacheng, certains étaient de la ville mais la plupart étaient des Méridionaux.

Pour se permettre d'éviter les rigueurs de l'hiver et ses températures de moins trente ou moins quarante, pour baigner dans la chaude lumière et le parfum des fleurs du Sud, les natifs de Wacheng devaient être financièrement à l'aise et avoir du temps libre. De l'avis général des gens du cru, certains avaient gagné leur argent à la sueur de leur front grâce à leurs compétences, et d'autres s'étaient rapidement et malhonnêtement enrichis grâce à la corruption et à leurs accointances avec les responsables des entreprises d'Etat ; tant qu'ils n'étaient pas poursuivis par la justice, ils vivaient dans le luxe. Aux yeux des simples citoyens qui les haïssaient, ces nouveaux riches étaient bien trop nombreux. Ceux-là choisissaient pour lieux de séjour le bord de mer et les régions d'économie prospère telles que Sanya et Haikou dans l'île de Hainan, Zhuhai, Beihai, Shenzhen et Canton au Guangdong. En ces lieux, les prix des maisons et les loyers ne cessaient de monter comme la marée. Ceux qui avaient les moyens d'acheter ou de louer dans ces villes et avaient de quoi y vivre étaient les parents, les frères et sœurs, la septième ou la huitième tante des dirigeants de la ville de Wacheng, ou bien des entrepreneurs en cheville avec les fonctionnaires locaux chargés des chantiers de construction pour la municipalité. Au milieu de l'automne, ils partaient s'installer pour six mois dans le Sud en emportant toutes sortes de produits locaux, puis au retour de la douceur printanière, ils revenaient chargés de fruits tropicaux tout frais. D'autres migrateurs, surtout des gens âgés ou exerçant une profession libérale qui habitaient les fournaises du Sud, venaient s'abriter de la chaleur estivale. Assez à l'aise, ils achetaient rarement des maisons, logeaient à l'hôtel ou en location. C'est ainsi que le marché de la restauration et des locations repartait avec la fonte des neiges.

Dans sa jeunesse, Dents de Fer avait été bûcheron, et à force de crapahuter sur la glace et dans la neige, il avait gardé des rhumatismes aux jambes ; dès l'arrivée de l'hiver, ses articulations enflammées le faisaient souffrir atrocement. Il voulait profiter des fonctions de sa nièce, directrice adjointe de l'Office des forêts, dont la protection le mettait à l'abri du danger, pour amasser le plus d'argent possible ; dans quelques années, à soixante ans, il pourrait ainsi échapper au froid et aller passer l'hiver dans le Sud.

Dents de Fer et Noiraud étaient revenus dans la réserve depuis une semaine. Parmi les oiseaux arrivés pour l'été, il y avait pour la première fois des cigognes orientales. Postées dans la rivière telles des statues de jade, elles étaient blanches à ailes noires, le bec noir dressé, les pattes rouges et graciles ; on aurait dit des princesses aux chaussons rouges de danseuses, pleines de candeur et de distinction. Les gardiens les observèrent pendant plusieurs jours : il y en avait six, réparties en trois couples. Les cigognes d'un des couples aimaient venir lisser leurs plumes dans le marais bordant la rivière. Les deux autres couples préféraient les fourrés ; ils y avaient bâti de grands nids sur une fourche à la cime d'un bouleau et d'un saule. Les gardiens n'avaient pas encore repéré le nid des cigognes qui séjournaient au bord de la rivière. En tout cas, ils étaient tous les deux enthousiasmés de voir que l'une des premières espèces protégées par l'Etat avait élu domicile sur la Jinweng. Dents de Fer se réjouissait à la pensée qu'après la diffusion de la nouvelle par les journaux, les dépenses d'entretien augmenteraient et le pourcentage de ses profits aussi. Ce qui émouvait

Noiraud, c'est qu'il découvrait enfin le bienfaiteur auquel il pensait nuit et jour.

Au premier coup d'œil aux cigognes qui dansaient au bord de la rivière, Noiraud cria à Dents de Fer que c'était le grand oiseau qui l'avait protégé autrefois.

Tous ceux qui connaissaient Noiraud savaient qu'une année où il luttait contre un feu de forêt en montagne, il avait perdu le contact avec les autres pompiers et s'était retrouvé nez à nez avec un tigre dans une gorge étroite couverte de pruniers. La terreur jointe à la faiblesse due à la faim et la soif lui fit perdre connaissance. Quand il reprit conscience, il pleuvait, et pourtant son visage n'était pas mouillé. Il y avait au-dessus de lui un grand parapluie de plumes noires et blanches dont le manche était rouge. De toute sa vie, il n'en avait jamais vu d'aussi grand et d'aussi beau. Il l'observa attentivement : c'était un grand oiseau blanc à ailes noires et pattes rouges posé sur sa poitrine qui le protégeait de la pluie grâce à ses ailes étendues. Noiraud racontait que, sur le moment, il s'était cru au paradis. Il tendit les mains pour tâter le sol, sa main gauche rencontra une pousse de camphrier et la droite un tendre champignon de bouleau dont il fit tomber le chapeau. La résine collée à sa main gauche et le frais parfum du champignon lui firent comprendre qu'il était toujours sur terre puisque ses mains n'avaient pas rencontré de nuages flottant dans le ciel. En se penchant sur le côté, il vit des nuages noirs rouler tout là-haut. Peu après son réveil, la pluie cessa ; le grand oiseau, dont il ignorait le nom, replia ses ailes et disparut en sautillant dans l'épaisseur de la forêt. Noiraud s'assit à grand-peine, leva les yeux et, dans l'arc-en-ciel qui venait d'apparaître, il découvrit l'oiseau au vol majestueux et élégant, volant vers quelque festin.

Dès lors, Noiraud s'était pris d'affection pour tout ce qui portait des ailes.

Il finit par sortir péniblement de la forêt, six jours après avoir perdu contact avec l'équipe de pompiers. D'après les souvenirs du montagnard cueilleur de baies sauvages sur lequel il tomba, la première phrase qu'il prononça fut : « Suis-je bien dans le monde des vivants ? » Quand l'homme le lui confirma, il eut deux rires étranges, puis il s'évanouit.

Lorsqu'il reprit conscience, il avait perdu la mémoire de maintes choses, le nom de l'entreprise où il travaillait, la date de son mariage, son âge et jusqu'à son nom. Il s'appelait Zhang Shusen, mais il refusait ce nom, déclarant qu'il avait été juge dans un pays sans soleil où tout le monde l'appelait Zhang le Noiraud. Il avait alors quarante-huit ans mais prétendait en avoir plus de soixante. Ses voisins se nommaient Qin, mais il soutenait qu'ils s'appelaient Yan. Heureusement, il se souvenait de sa femme et de sa fille ; il savait que sa femme s'appelait Changlan et sa fille Zhang Kuo. Il leur raconta qu'il avait rencontré un tigre dans la montagne et que lorsque celui-ci avait fondu sur lui, toutes moustaches dehors, il s'était évanoui de terreur. A son réveil, il avait découvert un oiseau céleste posé sur lui pour le protéger du vent et de la pluie. A l'époque, tout le monde crut qu'il divaguait. Les bêtes sauvages de la région étaient l'ours brun, l'élan, le lynx, le chevreuil, le sanglier, l'écureuil et le lièvre des neiges, mais on n'avait jamais entendu parler de tigre. Néanmoins, trois ans après sa mésaventure, une équipe de prospection forestière qui opérait dans la même zone découvrit des traces de tigre de Mandchourie, en prit des photos, et la nouvelle fit grand bruit. Noiraud avait bien rencontré un tigre, on en était désormais convaincu. En revanche, l'oiseau merveilleux dont il parlait sortait de son imagination, il n'existait pas. Après tout, il avait été frappé de stupeur, et dans ces cas-là, il est banal de raconter des sottises.

Zhang Shusen devenu Zhang le Noiraud, le chef de l'unité de pompiers à laquelle il appartenait, voyant que son état le rendait inapte à ce métier, l'avait fait réformer pour cause de maladie ; il touchait un peu plus de mille yuans par mois à ne rien faire. Sa maladie le rendait aussi vulnérable qu'un enfant et Changlan, sa femme, s'occupait de lui avec toute sa tendresse. De peur que son état ne s'aggrave à rester inactif, à la belle saison, elle récoltait chaque jour des légumes de son potager pour qu'il aille, portant sa palanche, les vendre au marché de l'Est. Par compassion pour son malheur, le placier ne le faisait pas payer. En réalité, il n'avait pas d'endroit attitré ; si, un jour, l'odeur suave des beignets torsadés lui plaisait, il posait sa charge devant l'étal ; le lendemain, attiré par l'odeur des galettes aux oignons, il s'installait à côté. Les autres vendeurs appréciaient son voisinage, ils plaisantaient avec lui en attendant le client. Ils lui offraient souvent à manger, torsades frites, galettes, gâteau à la rose, boulettes de fromage de soja frites, œuf dur, calamar rôti, il ne jeûnait jamais quand il venait vendre ses légumes. A la différence des autres vendeurs, il ne vantait pas sa marchandise, ne pesait pas les légumes et ne fixait pas de prix, les clients lui donnaient ce qu'ils voulaient. Aussi ses légumes étaient-ils particulièrement appréciés de ceux qui cherchaient une bonne affaire, ils lui lançaient un yuan ou quatre-vingts centimes et tout était vite vendu. Bien sûr, il y avait aussi des gens honnêtes qui avaient pitié de lui et lui donnaient un yuan ou deux en plus : il prenait l'argent sans se rendre compte de leur générosité. Quelle que soit la somme qu'il rapportait à la maison, sa femme ne lui faisait jamais de reproches, elle l'accueillait toujours avec une bonne soupe ou un thé chaud.

Les commerçants du marché aimaient s'amuser à ses dépens. Là où il était, le spectacle était gratuit. On savait que depuis son retour à la vie après son aventure, il aimait tout ce qui avait des ailes. Les marchands de volailles vivantes lui disaient : « Les poules, les canards et les oies aussi ont des ailes, est-ce que, dorénavant, tu n'en mangeras plus ? »

Dès qu'il était question d'oiseaux, il retrouvait une certaine lucidité.

« Les poules, les canards et les oies domestiques ne volent pas, ils ne sont pas malins, pourquoi est-ce que je ne les mangerais pas ?

— Mais les poules volent, lui objectait-on en riant.

— Elles peuvent juste franchir une clôture de la taille d'un homme, ce n'est rien, les vrais oiseaux peuvent voler jusqu'à un arc-en-ciel !

— Une femme en colère, protesta quelqu'un, est capable, avec de la force, de lancer un plumeau ou un éventail en plumes par-dessus le toit d'une maison. C'est la preuve qu'une oie ou une poule sont capables de voler haut !

— C'est pourtant vrai, dit Noiraud en se frappant le front. Peut-être que les plumes des poules et des oies sont habitées par l'esprit des ailes ? »

Et tous les auditeurs d'éclater de rire.

Wang le poissonnier était à l'origine de la plus grande crise de fou rire parmi les vendeurs du marché. Il accourut un jour devant l'étal de Noiraud pour lui dire :

« Hé, Noiraud, tu devrais retourner voir chez toi. Pendant que tu vends tes légumes, ta femme reçoit son amant, quelqu'un l'a vue ! »

Noiraud le crut et reprit sa charge sur l'épaule pour courir chez lui.

« Si tu t'en vas avec ton chargement, lui dit Wang, tu vas perdre du temps.

— Mais sans elle, dit Noiraud en tapant sur sa palanche, je n'aurai rien pour rosser le coupable !

— Qui vas-tu corriger avec ta palanche, demanda Wang en courant derrière lui, ta femme ou celui qui couche avec elle ?

— Alors là, il faut que je demande au juge, répondit Noiraud, perplexe. Je rosserai celui qu'il condamnera à être rossé. »

Et il fila vers le tribunal avec sa charge.

L'année qui suivit la mise à la retraite de son père, Zhang Kuo allait épouser un mécanicien. Sa mère consulta un astrologue pour choisir le jour propice au mariage. L'homme fixa une date, et Noiraud, qui l'entendit, annonça que ce jour-là, le temps serait couvert avec de l'orage. Changlan, croyant que son mari déraisonnait, lui dit : « Comment pourrais-tu être plus clairvoyant qu'un Immortel et savoir le temps qu'il fera dans deux semaines ? » Noiraud renifla sans réagir. La veille du mariage de Zhang Kuo, il faisait un temps radieux, mais le grand jour venu, les nuages noirs s'amoncelèrent, l'orage éclata, et lorsque la mariée entra dans la chambre nuptiale, il pleuvait tellement fort que la ville fut inondée. La cérémonie terminée, Changlan regretta de ne pas avoir écouté son mari. Elle redoutait que ce mauvais temps ne fût un présage de tempêtes pour l'avenir de sa fille. Pour la consoler, Noiraud eut l'heureuse idée de lui dire : « Notre fille a bien de la chance ! Le jour de ses noces, le ciel s'est manifesté, il s'est donné la peine de lancer des éclairs, c'était un vrai feu d'artifice ! »

Alors que son petit-fils Tete fêtait son premier anniversaire, Changlan avait succombé à un infarctus. Sa femme disparue, Noiraud fut accablé de chagrin pendant des jours. Il disait que sa femme, pourtant dépourvue d'ailes, s'était envolée subitement avec autant d'aisance que les oiseaux ailés. Pour respecter la tradition, à chaque Nouvel An, lorsque tout le monde allait se recueillir sur les tombes de ses proches, Zhang Kuo, si occupée fût-elle, emmenait son père sur la tombe de sa mère. En effet, les deux fois où il s'y était rendu seul, d'autres visiteurs avaient remarqué qu'il se trompait de tombe. Une fois, il avait disposé toutes les nourritures qu'il apportait en offrande sur la tombe d'une jeune fille morte d'un cancer. Une autre fois, il s'était recueilli sur la tombe d'un vieil homme. Zhang Kuo comprit que son père n'était plus capable de lire les caractères inscrits sur la pierre. Quand elle lui reprocha de s'être trompé de tombe, il répliqua : « Les tombes sont toutes pareilles, les morts sont tous dans la terre, ils ne sont pas enterrés dans les nuages, alors que je m'incline devant l'une ou l'autre, c'est la même chose. »

Après la mort de sa mère, Zhang Kuo déménagea pour venir habiter avec son père. Elle en profita pour louer sa maison du centre-ville pendant toute la saison estivale ; c'était de l'argent facilement gagné. Par ailleurs, elle transforma une partie de la maison basse que possédaient ses parents dans le faubourg pour en faire des chambres d'hôtes ; elle pouvait y loger cinq ou six personnes. Sa famille était un peu à l'étroit dans la partie qu'elle habitait, mais elle estimait que cela valait la peine d'accepter un certain inconfort en échange de bonnes rentrées d'argent.

A la belle saison, quand son père était à la réserve, elle louait même sa chambre. Elle vivait ainsi très proche de ses pensionnaires. Elle vendait les produits naturels issus de la montagne et faisait pension de famille. Elle était gourmande, bonne cuisinière, d'une propreté méticuleuse, elle faisait le ménage avec soin, et comme sa pension était appréciée, elle avait des habitués. Seule sa vie affective laissait à désirer. Son mari, qui gagnait assez bien sa vie, dépensait sans compter, il courait les filles des salons de coiffure et de massage, mais ne s'occupait que rarement d'elle. Elle se dit : « Puisque tu vas chercher ton plaisir ailleurs, que tu ne t'intéresses pas à moi, je te ferai porter des cornes pour me venger. » Elle changeait constamment de partenaire, un jour un garagiste, un autre, un patron de maison de thé, un autre jour peut-être, un de ses pensionnaires. De son point de vue, les relations passagères étaient une distraction. En revanche, une liaison régulière entraînait des obligations réciproques et, en cas de désaccords, de sérieux conflits. Or elle ne voulait pas détruire son foyer, elle voulait rester avec son mari, surtout à cause de leur enfant. C'est pourquoi elle se réjouissait du départ de son père pour la réserve. D'abord parce qu'elle touchait sa retraite (le titre de pension était bien sûr au nom de Zhang Shusen) qui s'élevait à mille deux cents yuans mensuels. Le salaire de Noiraud à la réserve était de mille deux cents yuans par mois et Dents de Fer lui donnait en outre mille yuans par mois en liquide pour ses dépenses courantes. Mais surtout, elle était bien plus libre en son absence. C'est pour cette raison que pendant les mois où il travaillait à la réserve, elle ne tenait pas à le voir revenir en ville. Elle recevait souvent ses amants d'occasion dans la chambre de son père. Un jour où il était rentré en ville et l'avait découverte avec un homme dans son lit, fronçant les sourcils, il avait bredouillé : « Comment se fait-il que le père de Tete ait cette tête-là ? » Et, tournant les talons, il était ressorti. Quand il revenait en ville, il allait rue de la Paix, la rue commerçante très animée, pour deux choses : se faire raser la tête et manger des raviolis. Il était bien connu des patrons du salon de coiffure et du restaurant de raviolis.

L'arrivée des cigognes fut suivie de celle des coucous, des cailles et des rossignols. Noiraud se levait encore plus tôt que d'habitude. Tel un sage matinal, après avoir fait sa toilette, il s'habillait avec soin pour aller nourrir les oiseaux au bord de la rivière. Le couple de cigognes dont il n'avait pas repéré le nid était l'objet de toute son attention. Il regardait d'où elles venaient et dans quelle direction elles repartaient. Après les avoir observées pendant plusieurs jours, il dit à Dents de Fer qu'elles devaient avoir édifié leur nid dans le voisinage du temple de la Déesse, car elles venaient toujours de là-bas et repartaient dans la même direction. Elles se nourrissaient de poissons et de crevettes et ne consommaient pas beaucoup du grain que Noiraud jetait sur la rive. Avec une adresse étonnante, elles semblaient posées sur l'eau ; battant des ailes, elles scrutaient la rivière pour repérer une proie, leurs griffes leur servaient d'hameçon, leur bec aplati de flotteur et leurs pattes de canne à pêche : elles arrivaient ainsi, grâce à leur vue perçante et à leur rapidité, à attraper le poisson dans l'eau.

La Jinweng était complètement libérée de sa ceinture de glace et de neige, elle déployait librement sa taille souple. Les arbres reverdissaient, les azalées fleurissaient, le vert de l'herbe devenait plus intense. Ce matin-là, Noiraud ne s'éveilla pas à l'heure habituelle, il était plongé dans un profond sommeil.

Dents de Fer mit le moteur en marche, il s'en allait en ville avec les canards sauvages qu'il avait braconnés.

6

Depuis l'établissement de la réserve ornithologique quelques années plus tôt, le retour des oiseaux migrateurs était suivi par celui des migrateurs humains. Dents de Fer guettait alors les occasions d'emporter quelques canards sauvages en ville pour s'attirer certaines bonnes grâces.

La veille au soir, il fallait qu'il soigne particulièrement Noiraud : il confectionnait des petits pains farcis d'un mélange de viande restant du midi et de légumes sauvages dont la cuisson à la vapeur embaumait la pièce. Leur repas était, bien sûr, arrosé d'alcool auquel il ajoutait un somnifère, pour s'assurer que Noiraud ne se lèverait pas dans la nuit et qu'il dormirait jusqu'à ce que le soleil soit déjà haut dans le ciel. Il profitait de son profond sommeil pour préparer son attirail de chasse et filer au bord de la Jinweng.

Il y avait des canards de toutes sortes parmi les oiseaux venus passer l'été dans la réserve. Outre les colverts, on voyait diverses espèces de fuligules, des sarcelles et des canards huppés qui se déplaçaient toujours en bandes. A l'aube et au crépuscule, ils venaient se nourrir dans la rivière. Ils ne construisaient pas leurs nids en haut des arbres comme les cigognes, mais dans les prairies marécageuses ou dans les buissons. En application des directives des autorités, l'Office des forêts de Wacheng avait cessé l'abattage des arbres ; la végétation s'était rapidement régénérée et la faune multipliée. Les nids des canards étaient souvent détruits par des prédateurs, surtout en période de ponte où les œufs représentaient pour eux une délicieuse friandise. C'est pourquoi, à l'époque de la ponte, mâles et femelles se relayaient au nid pour éviter les catastrophes.

Les canards sauvages sont vigilants, et au moment des pariades dans la rivière, il y en a toujours un qui patrouille près de la berge, montant la garde pour ses congénères. Si ce veilleur lance un signal d'alerte, ils s'envolent tous à tire-d'aile. C'est pourquoi Dents de Fer devait faire preuve d'adresse pour parvenir à en attraper. L'Office des forêts lui avait attribué une carabine pour faire face aux attaques des bêtes sauvages. Il était bon tireur, mais il n'avait abattu les canards à la carabine que les deux premières années ; ensuite, il avait cherché une autre méthode. En effet, le tir faisait du bruit, il risquait d'effrayer les autres oiseaux, et s'ils considéraient la Jinweng comme un lieu dangereux, ils n'y reviendraient plus et la réserve disparaîtrait. De plus, le temple de la Déesse était juste en face, de l'autre côté de la rivière, et c'était pour lui une menace silencieuse. Si la détonation parvenait au temple, elle révélerait aux Bouddhas le meurtre d'êtres vivants et il craignait d'être puni pour ça, aussi avait-il fabriqué des pièges en mailles métalliques pour attraper les canards.

Ces pièges étaient différents des filets à la glu que l'on accroche entre deux arbres ; il les posait par terre, à proximité d'un nid de canards. Ils ressemblaient aux nasses à poisson en forme de calebasse. A l'entrée de la nasse, il déposait pour les attirer des brisures de maïs, un régal pour les canards, et lorsqu'il avait la chance d'attraper des petits poissons, c'était l'appât idéal. Les pièges conçus par Dents de Fer s'inspiraient des mésangettes pour prendre les petits oiseaux. Le canard, attiré par l'odeur de poisson, s'approchait avec empressement et son arrivée, en secouant les mailles, faisait basculer automatiquement une trappe qui l'enfermait à l'intérieur. Dents de Fer avait fabriqué six pièges. Quand Noiraud lui avait demandé à quoi ils serviraient, il avait dit que c'était pour pêcher, mais jamais il ne les avait jetés à l'eau. Il agissait toujours en pleine nuit, posait ses pièges dans des endroits différents, se levait à l'aube, à peine sorti du chalet, s'il entendait des cris véhéments, c'est qu'il y avait une prise. Guidé par les coin-coin, il découvrait dans la nasse le canard qui protestait comme une femme en colère.

Il lui fallait en capturer au moins deux. Parfois, quand la chance ne lui souriait pas, qu'il n'en attrapait pas un seul, il en était accablé. Il lui faudrait réitérer l'opération alcool et somnifère jusqu'à ce que les canards se laissent prendre au piège.

Cette fois, Dents de Fer avait eu de la chance, il en avait pris quatre, tous vivants et sans blessures. Une année, un sanglier lui en avait dévoré deux, laissant sur place un tas de plumes. Cela lui avait fait mal au cœur. Les défenses acérées du sanglier sont capables de déchirer le maillage métallique. Il était affligé à la pensée que le canard avait été déchiqueté vivant par le sanglier. Si le canard avait une âme, il devait le haïr d'avoir tendu ce guet-apens. A la suite de cet incident, lorsqu'il posait ses pièges, il veillait toute la nuit pour éviter d'être devancé par les bêtes sauvages et dépouillé de ce mets délicat.

Comme d'habitude, Dents de Fer sortit ses prises, ferma le bec aplati des canards avec du chatterton et leur lia les pattes avec de la ficelle ; ainsi, lorsqu'il passerait le poste de contrôle forestier de Wacheng, aucun bruit ne risquerait d'éveiller la méfiance des contrôleurs. En réalité, quand ils voyaient arriver la camionnette de la réserve, ils levaient la barrière pour la laisser passer sans rien vérifier. Dents de Fer avait enfermé les canards dans deux sacs de jute qu'il avait jetés à l'arrière de la camionnette. De peur qu'ils ne meurent étouffés, il avait laissé les sacs ouverts pour leur permettre de sortir la tête. Puis il avait nettoyé ses pièges, les avait rangés dans la remise, avait jeté un coup d'œil à Noiraud profondément endormi, et avec un rire silencieux, avait fermé la porte et s'était mis au volant.

Quand il conduisait en forêt, sauf en hiver, il laissait les vitres ouvertes pour mieux apprécier le parfum des fleurs et le chant des oiseaux, la brise et le soleil ; à ses yeux, c'étaient des plaisirs dispensés par la nature aux humains qui en jouissaient de manière incomparable. Il faisait beau, et en observant la forêt pleine de vie, en pensant à ses quatre prises dont il pourrait en distraire une pour la vendre un bon prix au restaurant *Futai*, il ne put s'empêcher de fredonner un petit air.

Le poste de contrôle forestier, situé à dix kilomètres de Wacheng, était tenu par quatre hommes qui se relayaient par équipes de deux. A la différence du chalet de la réserve, fermé l'hiver, il était occupé toute l'année. Les contrôleurs avaient pour tâche d'appliquer l'interdiction de la chasse, l'abattage clandestin de bois, et en période de lutte contre les incendies, ils vérifiaient que les visiteurs ne transportaient pas de produits inflammables ; cette année s'y ajoutait la folle cueillette des azalées. Dents de Fer connaissait chacun des contrôleurs, ils savaient qu'il avait des appuis, le considéraient comme un collègue et ne vérifiaient jamais le contenu du véhicule de la réserve.

Cependant, ce jour-là, la barrière rouge et blanche du poste de contrôle ne se leva pas comme à l'accoutumée. Dents de Fer connaissait Lao Ge, celui des deux hommes qui avait un téléphone dans la main ; l'autre, un jeune homme en uniforme de policier, lui était inconnu.

Il fut bien obligé de s'arrêter et, tout sourire, tendit une cigarette à Lao Ge dont le visage était parsemé de grains de beauté. « Mon vieux, tu n'as pas encore petit-déjeuné ? Tiens, fumes-en une pour t'ouvrir l'appétit ! »

Lao Ge repoussa l'offre des deux mains avec un regard appuyé. « Pas tant de cérémonies ! Quand je fume le ventre vide, ça me coupe l'appétit. Alors, tu vas en ville chercher du grain pour les oiseaux ?

— Aujourd'hui, je vais annoncer une bonne nouvelle. Cette année, nous avons vu arriver une dizaine de "grues enchantées". » Il exagérait le nombre de cigognes qui s'étaient posées dans la réserve.

« Des grues enchantées ? » Lao Ge ouvrit une bouche effarée. « Je n'en ai jamais vu que sur les affiches de Nouvel An.

— Leur nom scientifique est "cigognes orientales", mais on dirait des grues enchantées.

— Alors, dans la réserve, vous vivez comme des Immortels ?

— Nous ne vivons pas aussi bien que vous ! Vous êtes près de la ville, vous avez du réseau pour votre portable, vous pouvez téléphoner, écouter la radio. Moi, dans la réserve, mon portable ne m'est pas plus utile qu'une effigie de belle femme. Encore deux ans comme ça, et je deviendrai aussi abruti que Noiraud !

— Mais en face, vous avez le temple de la Déesse. » Il cligna de l'œil. « Le soir, vous pouvez aller tailler une bavette avec elles.

— Avec ces nonnes végétariennes pour voisines, je finirai par tourner bonze ! Elles ne sont bonnes qu'à psalmodier des sutras pour les Bouddhas, comment s'intéresseraient-elles à des hommes aussi vulgaires que nous ? » Et Dents de Fer fit signe à Lao Ge de lever la barrière pour le laisser passer.

« Xiao Liou, dit Lao Ge au jeune policier, depuis l'aube, tu as contrôlé beaucoup de voitures, fais une pause, à mon tour de le faire et toi, tu manœuvreras la barrière. C'est la voiture de la réserve, nous sommes entre collègues, tout est sûrement ok, mais respectons le règlement, on ne peut pas la laisser passer sans vérification. » Et avec un grand sourire, il présenta le jeune homme à Dents de Fer en disant que c'était un officier de police dépêché par le Service de protection des forêts, diplômé de l'Université d'études politiques et juridiques ; l'an dernier, il avait réussi le concours de recrutement de cadres de la Sécurité publique et avait été affecté à Wacheng.

Dents de Fer savait que les diplômés d'université pouvaient difficilement obtenir un poste dans une grande ville ; aussi certains préféraient-ils se présenter aux concours locaux de régions éloignées afin d'avoir un travail et de quoi vivre. Ces diplômés-là avaient de grandes qualités, mais étaient de famille modeste et sans relations. Dents de Fer, voyant que Lao Ge s'apprêtait à contrôler, se dit que même s'il voyait les canards, il n'oserait pas le mettre dans l'embarras ; il sortit rapidement de la camionnette et ouvrit la porte arrière en disant à Lao Ge : « Monte inspecter, mais si tu ne trouves rien, ne va pas te lamenter.

— Toi alors ! »

Dents de Fer prenait un air détendu et flegmatique, mais il n'en menait pas large. Quand Lao Ge monta dans la camionnette, de crainte que le policier ne le suive, il s'approcha de lui, et pour le mettre en confiance : « Une cigarette ? » lui proposa-t-il en la lui tendant.

« Ici, c'est une zone non-fumeurs, répliqua l'autre sèchement.

— Oh ! Quelle mauvaise mémoire ! Voilà que j'oublie le règlement. » Et Dents de Fer, tout confus, fourra la cigarette dans sa poche en disant : « Avec tout le travail à faire depuis l'arrivée à la réserve, j'ai la tête à l'envers. » Il tapa sur l'épaule de Xiao Liu. « Un beau gars comme toi, les filles doivent te courir après ! »

Xiao Liu, trop jeune pour sentir la flatterie, répondit avec le plus grand sérieux : « Ne croyez pas ça. J'avais une petite amie depuis trois ans, elle n'a pas apprécié mon affectation en zone de montagne frontalière, elle m'a laissé tomber.

— Comment les filles de maintenant peuvent-elles manifester autant d'arrogance ? s'écria Dents de Fer. Qu'est-ce qu'elle reproche à Wacheng ? On ne pourrait pas y vivre ? Ecoute. Ces deux dernières années, des oiseaux migrateurs rares s'y sont même installés. Ça prouve quoi ? Ça prouve que Wacheng est un paradis sur terre. Si tu peux te fixer à Wacheng, un gars comme toi, les filles vont se l'arracher. »

Les belles paroles ont toujours été le meilleur des laissez-passer pour franchir un poste de garde. Avant que Lao Ge ne ressorte, Xiao Liu avait bien gentiment levé la barrière pour lui ouvrir le passage.

Dents de Fer, voyant que le jeune policier ne représentait plus un danger, s'empressa de héler Lao Ge :

« Alors, vieux frère, tu n'as pas encore fini ? La camionnette est vide, tu te promènes dedans ?

— J'arrive... »

Une minute après, il sautait du véhicule, le portable à la main, faisant exprès de renifler et secouant la tête pour marquer sa déception de n'avoir rien trouvé.

Dents de Fer claqua aussitôt la porte arrière en demandant : « Alors ?

— A peine monté, j'ai très bien vu un petit renard, mais en un clin d'œil, il a disparu, gémit Lao Ge.

— Il a dû filer, métamorphosé en une belle jeune fille, plaisanta Dents de Fer. Attends ce soir, elle viendra te tenir compagnie pour la nuit. »

Lao Ge et Xiao Liu éclatèrent de rire.

Dents de Fer fit chorus, mais en lui-même, il n'avait pas le cœur à rire. Quand il posa le pied sur le marchepied pour se mettre au volant, il avait les jambes tellement flageolantes qu'il dut s'y reprendre à deux fois. Lao Ge perçut sa nervosité et chercha à détendre l'atmosphère : « Cette camionnette a longtemps servi, il faudrait en changer. Les nouveaux modèles ont un plateau à commande hydraulique à l'arrière qui permet de charger deux à trois tonnes de marchandises ; vous ne vous épuiseriez plus à charger et décharger votre matériel.

— Tant qu'elle roule, ça fait faire des économies à l'Etat, on s'en arrange. D'ailleurs, Noiraud aime bien décharger la marchandise. »

Après avoir franchi le poste de contrôle, Dents de Fer fut d'abord soulagé, puis saisi d'une certaine inquiétude. Il venait de contracter une dette de reconnaissance envers Lao Ge qui l'avait couvert après avoir vu les canards ; il faudrait qu'il s'en acquitte. De quelle façon ? Il songea tout d'abord à des cigarettes et de l'alcool, cadeaux si vite consommés qu'ils seraient vite oubliés. Il valait mieux lui offrir quelque chose qui durerait longtemps, comme un rasoir électrique ou un blouson coupe-vent. Il avait remarqué que la veste bleue qu'il portait à longueur d'année était élimée aux poignets. La situation familiale de Lao Ge n'était pas facile, il avait du mal à joindre les deux bouts ; il avait toujours l'air fatigué. Le poste de contrôle dépendait du Service de protection des forêts ; d'un point de vue organisationnel, il appartenait à la police, mais son salaire mensuel était inférieur de plus de mille yuans à celui des policiers en titre, avec une couverture médicale moindre. Son épouse, femme de ménage payée à l'heure, n'avait pas de salaire fixe. Ils économisaient sur tout pour venir en aide à leurs enfants. Leur fils était en deuxième année de fac à Changchun et cela coûtait cher ; au sortir de l'université, leur fille avait échoué aux concours d'étudiants-chercheurs et de fonctionnaires. Démoralisée, elle était revenue à Wacheng où elle enseignait à présent dans une école maternelle privée.

Dents de Fer s'estimait privilégié par rapport à Lao Ge. Seul son beau-père, vivant chez son jeune fils, était encore en vie, ils n'avaient donc pas de parents à charge. Son fils unique, étudiant brillant, était à l'école militaire de Tianqin. Sa femme ne travaillait pas, mais c'était une épouse solide et aimante, excellente ménagère ; elle allait régulièrement donner un coup de main chez sa nièce, directrice adjointe de l'Office des forêts. Dents de Fer savait bien que c'était à cause de lui que sa femme était devenue domestique bénévole de sa nièce. Un jour où il était passé chez sa nièce, il avait vu sa femme, à genoux par terre, en train d'astiquer le parquet, pendant que sa nièce se prélassait dans un fauteuil en dégustant une crème aux nids d'hirondelles et aux jujubes. Cela lui avait fendu le cœur, et chaque fois qu'il voyait sa nièce, il en éprouvait une indicible rancœur.

Comme les autres printemps quand il apportait des canards sauvages braconnés, Dents de Fer commença par aller porter son tribut à son supérieur. Avec deux canards dans un sac, il se rendit chez Qiu Deming, le directeur de l'Office des forêts. Le père du directeur venait de rentrer de Sanya, et quand l'employée de maison eut introduit Dents de Fer, le vieil homme, qui ne cessait de tousser, lui lança un regard réjoui. « Je me disais... lui dit-il entre deux accès de toux, que tu... allais venir... Depuis six mois... que je ne t'ai vu, comment... comment... as-tu autant maigri ?

— Quand on n'a pas de viande à manger, on maigrit.

— Comment ? A la réserve... vous manquez... de nourriture ? Quand Deming rentrera... je lui dirai... d'augmenter... ton allocation. On ne peut quand même pas... bien nourrir les oiseaux... et vous obliger à faire maigre. » Les paroles du vieillard étaient entrecoupées de quintes de toux.

Dents de Fer lui demanda comment il avait attrapé froid.

« J'ai passé six mois à Sanya, et j'ai beau avoir vécu la plus grande partie de ma vie à Wacheng, je ne suis vraiment plus adapté à ce climat. Je suis rentré par avion. A l'avenir, j'imiterai les oiseaux migrateurs, je ferai des étapes sur le chemin du retour pour faciliter la réadaptation. L'an prochain, je compte faire une pause d'une semaine à mi-chemin, en choisissant une ville touristique comme Luoyang, Tianqin ou Qingdao. »

Pendant la conversation, Dents de Fer alla poser les canards dans la cuisine, accompagné de la domestique. Il ouvrit le sac de jute et fut soulagé de constater que les canards étaient vivants. Ils tendaient le cou en découvrant ce lieu inconnu. Peut-être la colère leur donnait-elle ces yeux injectés de sang.

« Oh ! Il y en a deux, et ils ont l'air bien dodus, dit le vieil homme qui les avait suivis dans la cuisine.

— Vous allez vous régaler. Je vous ai apporté tous ceux que j'ai attrapés, mentit Dents de Fer. Vous pouvez commencer par en tuer un, puis l'autre dans deux jours. Mettez-le sur le balcon en lui donnant un peu de poisson ; vous pouvez le garder une semaine sans problème. »

Tout en le félicitant pour sa bonne idée, le vieil homme dit à la femme de tuer d'abord le canard à bec tacheté, car juste après le dégel, le canard sauvage est un plat de roi. Il l'accompagnerait ce soir d'une bonne carafe d'alcool. Tout au long de l'hiver, à Hainan, les fruits de mer lui avaient semblé insipides.

Il voulait réconforter son estomac avec un canard cuit au gras dans une riche sauce de soja qui chasserait la maladie.

En sortant de chez le directeur Qiu, Dents de Fer se rendit chez sa nièce, dans le sud de la ville. Il prit dans la camionnette une sarcelle qu'il fourra dans un sac en plastique noir avant d'aller frapper à la porte.

Comme il s'y attendait, ce fut Zhou Ruqin, sa sœur, qui lui ouvrit. Agée de soixante-sept ans, c'était une petite femme maigre, aux cheveux gris clairsemés, au regard mélancolique, qui avait cependant l'air en bonne santé. Elle s'était retrouvée veuve prématurément, avec un garçon et une fille à élever, et ne s'était pas remariée, pour leur éviter de nouvelles épreuves. A présent, son fils était dans les affaires à Shenzhen sa fille était directrice adjointe de l'Office des forêts de Wacheng. Ses deux enfants étaient pleins d'avenir et sa vieillesse assurée faisait des envieux. Comme les oiseaux migrateurs, elle allait passer les six mois d'hiver à Shenzhen chez son fils et revenait aux beaux jours à Wacheng chez sa fille. Sa fille et son gendre partis au travail et son petit-fils à l'école, elle était seule à la maison. Elle rentrait d'une absence de six mois, ils s'étaient parfois téléphoné, mais comme ils ne s'étaient pas vus pendant tout ce temps, ils avaient beaucoup de choses à se dire. Pendant leur conversation, Zhou Ruqin garda sur ses genoux son caniche chéri. Il faisait chaque année le voyage aller et retour avec sa maîtresse en avion dans un panier à chien. Au printemps, lorsque les migrateurs humains revenaient, sur le tapis roulant apportant les bagages à l'aérodrome de Wacheng, on entendait souvent miaulements et aboiements qui devenaient frénétiques à l'appel des maîtres.

Zhou Ruqin dit à son frère que les temps avaient changé, les fonctionnaires devaient être prudents. Elle lui recommanda de ne pas profiter de la position de sa nièce pour frauder. Comme le dit le proverbe : *Quand la lune est pleine elle décroît, quand l'eau est au plus haut, elle déborde.* Il ne devait pas plastronner, il devait baisser le ton. Il ne fallait plus apporter de canards et prendre des risques juste pour satisfaire un plaisir gourmand. Elle avait beau dire, elle lorgnait le volatile d'un air réjoui. Dents de Fer savait bien que le sentiment de supériorité procuré par le privilège de goûter aux premiers produits de la saison expliquait son goût pour le canard sauvage. Elle le cuisait toujours au naturel, sans assaisonnement, dans une eau à petit feu pendant deux ou trois heures. Quand elle sortait la volaille de la casserole, il ne restait que quelques bols d'un épais bouillon qu'elle dégustait avec juste un peu de sel. A ses yeux, c'était la vraie façon d'apprécier cette viande fraîche. Pour Luo Mei, sa fille, la toute jeune directrice adjointe de l'Office des forêts qui aimait les plats épicés comme le poisson et les crevettes au piment à la Sichuanaise, le crabe relevé, le poulet en colère et les tripes à la sauce brune, elle épongeait puis faisait revenir les morceaux de canard avec du gingembre et des épices dans la sauce de soja et le vin jaune, en ajoutant force poivre et piment pour satisfaire ses goûts.

C'était le plat que Luo Mei souhaitait voir sur sa table à chaque printemps.

Comme les autres années, Dents de Fer comptait aider sa sœur à tuer le canard, le plumer et le vider avant de s'en aller. En effet, Zhou Ruqin, prudente, préférait ne pas solliciter d'aide extérieure. Mais cette fois, sa sœur lui dit que son gendre et la directrice Luo, qui assistaient à une réception, ne rentreraient pas dîner ; en sortant de l'école, son petit-fils irait manger sa soupe piquante préférée avant de se rendre à son cours particulier ; elle ne tuerait donc le canard que le lendemain. Quand il entendit sa sœur appeler sa propre fille « directrice Luo » et non « Meimei » comme d'habitude, Dents de Fer, mal à l'aise, se leva pour prendre congé. Avant son départ, Zhou Ruqin lui fit cadeau d'un masseur électrique fabriqué à Hongkong qu'elle lui avait rapporté de Shenzhen. Un massage des reins ou du cou douloureux avec cet appareil débloquait les méridiens et procurait un grand soulagement. Il remercia sa sœur pour sa bonne idée, tout en songeant qu'il passait six mois sans électricité à la réserve et ne pourrait s'en servir que l'hiver. A l'évidence, sa sœur n'avait guère d'égards pour lui.

Déçu, Dents de Fer partit pour le restaurant *Futai* où il vendit facilement le dernier canard quatre cents yuans. Tous les canards distribués, tous les dangers écartés, il rejoignit, le cœur en paix, le service de gestion forestière dont il dépendait pour montrer au responsable les photos de cigognes prises au bord de la Jinweng.

A cinquante-huit ans, le chef de service Jiang Jinfa était proche de la retraite et se laissait vivre. Arrivé tard et parti tôt, il lisait le journal en buvant son thé et repoussait toujours à plus tard les affaires épineuses. Pour préparer sa vie de retraité, il s'était trouvé comme loisir la photo de paysage. Il s'était acheté une collection d'appareils très performants qu'il avait toujours avec lui ; à l'aube et au crépuscule, il allait en forêt photographier le lever et le coucher du soleil. A la longue, il s'était forgé une philosophie de la vie divisée en deux phases, l'aube et le crépuscule. Quand l'aube prenait fin, commençait le crépuscule. Avant, il n'avait que mépris pour les travailleurs de la culture et de l'art, disant qu'ils étaient à moitié fous, mais à présent, il appréciait de faire partie de ces demi-fous. Il prenait part aux concours de photos de paysages organisés à Wacheng, ses œuvres avaient même remporté un premier prix.

Quand il vit les photos de cigognes sur la Jinweng, il ne cacha pas son admiration : « Magnifique ! Magnifique ! » Il convoqua aussitôt le chef de bureau pour qu'il remplisse un bordereau d'augmentation de la dotation de la réserve de quinze mille yuans ; Dents de Fer était ravi. Jiang Jinfa fit venir ensuite son adjoint auquel il déclara que, conformément aux directives des instances supérieures, les chefs devaient se rapprocher de la base ; il partirait le lendemain matin pour une inspection de la réserve, où il séjournerait deux ou trois jours. Dents de Fer comprit qu'il comptait bien faire des photos. Avant, quand il y venait, il faisait juste un tour, mais cette fois-ci, il allait y séjourner, ce qui réjouissait Dents de Fer tout en le préoccupant. Il se réjouissait à l'idée que si Jiang Jinfa était bien reçu, la dotation serait augmentée ; il s'inquiétait à la pensée que si les cigognes avaient déplacé leur nid hors de la réserve, Jiang Jinfa serait déçu, et s'il était déçu, lui, Dents de Fer, risquait de perdre de l'argent.

« Je peux rentrer à la réserve dès que j'aurai acheté le grain pour les oiseaux, proposa Dents de Fer, afin de tout préparer pour vous accueillir.

— C'est inutile, cette fois-ci, je ne prendrai pas ma voiture de fonction, j'irai dans ta camionnette. Nous partirons demain matin.

— Je n'ai jamais laissé Noiraud passer la nuit seul à la réserve, objecta Dents de Fer, si jamais cet idiot faisait des bêtises, ce serait fâcheux.

— Est-ce qu'il pourrait mettre le feu au chalet ? » Et, brandissant le stylo en or avec lequel il paraphait les documents : « S'il faisait vraiment brûler le chalet, dit-il d'un ton dégagé, ne t'inquiète pas, je te donnerais les fonds pour en construire un neuf. »

Dents de Fer fut bien obligé d'accepter. Il songea au plaisir de passer la nuit en ville. A midi, il rentrerait chez lui demander à sa femme de lui faire un plat de nouilles fraîches ; l'après-midi, il irait acheter le grain pour les oiseaux, puis il passerait un moment dans une maison de thé, chez le pédicure, et il irait voir les filles. Naturellement, il devait aussi aller faire un tour au marché aux vêtements et choisir une veste pas trop chère pour acheter le silence de Lao Ge. Bifurquant à partir de l'idée de la veste, il songea soudain que le chef de service Jiang allait séjourner à la réserve et que la literie destinée aux invités était sale, il fallait qu'il lui achète une couette neuve.

7

Lorsque la nonne Dexiu, appuyée sur son bourdon, arriva à la réserve, il était un peu plus de huit heures.

Sur le pont du Croissant de Lune, elle s'arrêta pour regarder le chalet. Comme la cheminée ne fumait pas, elle se dit qu'ils s'étaient levés de bonne heure et avaient déjà pris leur repas du matin. De la cheminée, son regard revint vers la rivière dont les eaux miroitaient sous le pont. La lumière du soleil se déployait à la surface de l'eau, un couple de canards tout proche nageait dans les vagues scintillantes. Ils déployaient leurs ailes avec énergie avant de les refermer brusquement. Elle se demanda s'ils faisaient leur toilette ou s'ils se contentaient de jouer avec les rayons du soleil sur l'eau.

En regardant ce couple uni, elle ne put retenir un soupir. Lorsqu'on a renoncé au monde, on ne doit plus éprouver ni joie ni tristesse; pourtant elle soupirait souvent. Pour éviter que Huixue et Yunguo ne l'entendent, quand elle en éprouvait le besoin, elle sortait du temple de la Déesse à la recherche d'un objet prêt à accueillir ses soupirs, une fleur, un flocon de neige, un arbre, un nuage, ou même une goutte de rosée sur la nervure d'une feuille.

Après avoir soupiré, elle franchit le pont en direction du chalet. Elle fit exprès de faire du bruit, *tap! tap!* en frappant le sol de son bâton, pour annoncer sa visite. Mais quand elle arriva à la porte, personne ne sortit pour l'accueillir. Elle frappa en vain à plusieurs reprises. Peut-être sont-ils allés nourrir les oiseaux, se dit-elle. Elle appuya son bourdon contre le mur et s'assit sur une bille de bois devant la porte pour se reposer en les attendant. Au bout d'un quart d'heure, toujours personne; comme elle avait soif et que la porte n'était jamais fermée à clé, elle décida d'entrer carrément chercher de quoi boire.

Elle ouvrit la porte, alla vers le foyer prendre la bouilloire, chancela; elle n'entendait pas que le clapotis de l'eau, mais aussi des ronflements venus de la chambre voisine. S'approchant à pas de loup, elle ouvrit doucement la porte et découvrit Noiraud, étendu sur le *kang,* qui ronflait de bon cœur. Le *kang* avait-il trop chauffé cette nuit-là ou l'homme débordait-il d'énergie? Il avait repoussé du pied sa couverture aux dessins bleus. Couché sur le dos, en gilet jaune et caleçon vert, jambes croisées et bras écartés, il avait l'air d'une grosse grenouille. Ses bras et ses jambes étaient musclés, d'un brun clair couleur de pin, on ne lui aurait pas donné soixante ans.

A part ses trois maris, Dexiu n'avait jamais vu un homme endormi. Découvrant soudain Noiraud dans cette position, elle lui trouva bien plus d'allure qu'aux trois autres. D'où cela venait-il ? De sa carnation, de sa robustesse, ou encore de son air naïf vraiment attendrissant ? Il y avait un peu de tout cela, mais ce n'était pas que cela. Elle prit conscience qu'en observant ainsi Noiraud, elle enfreignait la règle bouddhique ; en elle-même, elle invoqua Amitabha et se hâta de sortir ; elle n'osa pas se servir d'eau, par crainte de le réveiller, ce qui les eût mis tous deux dans l'embarras. Elle se rassit sur sa bille de bois, le rouge aux joues et le cœur battant. Elle endura sa soif de plus en plus intense, attendant que Noiraud se réveille de lui-même.

Une demi-heure plus tard, à neuf heures passées, elle entendit enfin bouger dans le chalet. D'abord des pas, puis le bruit de quelqu'un qui boit. Elle se leva aussitôt et secoua sa robe froissée par l'attente.

Noiraud ouvrit la porte, leva les yeux vers le soleil, puis regarda sa montre d'un air étonné. En relevant les yeux, il découvrit la nonne debout à côté de lui ; stupéfait, il recula d'un pas et, le doigt pointé sur elle, demanda :

« Etes-vous une nonne du temple de la Déesse ou un esprit ?

— Toi alors, soupira Dexiu, comment peux-tu proférer de telles bêtises en plein jour ? Je suis ici depuis un moment et, pensant que vous étiez allés tous les deux nourrir les oiseaux, je me suis assise pour vous attendre.

— Bon, les esprits ne parlent pas, déclara Noiraud en se grattant la tête. Vous êtes vraiment la révérende Dexiu ?

— Je préférerais ne pas l'être, et ne pas appartenir au temple de la Déesse. »

Noiraud la considéra d'un air soupçonneux, il ne saisissait pas le sens de ses paroles.

« Je ne comprends pas comment j'ai pu dormir jusqu'à ce que le soleil soit si haut, d'habitude, je suis debout avant qu'il se lève.

— *Lassitude de printemps et d'automne*, c'est bien connu. »

Tandis qu'ils parlaient, des alouettes passèrent en grisollant. Noiraud leva la tête pour les regarder, la plus turbulente d'entre elles en profita pour lui lâcher une fiente sur le visage. Devant son air désemparé, Dexiu ne put s'empêcher de rire.

« Je ne me suis pas levé de la nuit, dit Noiraud, il faut que j'aille faire la vilaine chose que vient de faire l'alouette. »

D'un geste de la main, Dexiu l'encouragea à y aller.

Quand il sortit des latrines, Noiraud remplit une cuvette d'eau pour se nettoyer le visage.

« La camionnette n'est pas derrière le chalet, dit-il. Dents de Fer doit être allé en ville.

— Il ne te prévient pas quand il y va ?

— Aller en ville, c'est aussi banal que d'aller déféquer ou pisser. Ce n'est pas la peine de prévenir.

— Mais toi qui viens d'y aller, tu me l'as bien dit.

— Vous êtes une visiteuse, il faut que je vous dise où je vais, c'est normal. »

Trouvant sa réponse logique, elle eut un sourire approbateur, puis lui demanda ce qu'il voulait manger pour son repas du matin, elle était prête à lui donner un coup de main.

« Vous ne pouvez pas toucher à notre fourneau qui cuisine viande et poisson. Ce serait une souillure pour vous qui appartenez au temple de la Déesse, ce serait fâcheux.

— Tu m'envoies promener sans même me demander pourquoi je suis venue ?

— C'est pourtant vrai, dit Noiraud en se frappant le front. Que se passe-t-il au temple de la Déesse ? Est-ce que les martinets à ventre blanc sont revenus au nid ?

— Tu te souviens des martinets, on dirait que la mémoire te revient. »

A entendre le ton de la nonne, la mémoire de Noiraud était une branche morte, et voilà qu'elle reverdissait.

Interdit, il bougonna : « Ma mémoire serait morte, et je ne m'en serais pas aperçu ? Je me souviens de beaucoup d'ailes que j'ai vues toutes ces années, des blanches, des noires, des vertes, des bleues, des roses, des dorées, ma mémoire est bien vivante.

— Pourquoi fais-tu comme moi ? » s'esclaffa la nonne. Quand tu parles de toi, tu dis tantôt *je* et tantôt *moi*. En fin de compte, qui es-tu, *je* ou *moi* ?

Un peu désorienté, il bredouilla : *Je* ou *moi*, *moi* ou *je* ? » Puis, comme s'il comprenait, il frappa dans ses mains : « *Je* et *moi* c'est la même chose, c'est moi ! »

Dexiu frappa dans ses mains à son tour : « Bravo ! C'est bien ça ! » Et elle aborda la raison de sa visite : « Les oiseaux arrivés cette année ne sont pas des martinets, ce sont de gros oiseaux comme je n'en ai jamais vu. » Elle écarta les bras pour les décrire : « Ils ont le corps blanc, les ailes noires, les pattes rouges. Leurs pattes sont presque aussi longues que mon bras, leur cou aussi est long, et quand ils volent, on croirait entendre le vent souffler en tempête. Il y en a deux, occupés toute la journée à construire leur nid. Devine où ils l'ont installé.

— Là où les martinets avaient fait le leur ?

— Pas du tout. » Elle fit la moue : « Ils sont malins, ils le font à côté de la cheminée du troisième sanctuaire. Tu te rends compte, c'est tout au bout du temple, contre la cheminée, à l'abri du vent et de la pluie, protégé par la montagne derrière. Les arbres accueillent des insectes faciles à attraper. C'est comme s'ils vivaient dans un nid douillet d'où ils surveilleraient un grenier bien rempli.

— C'est bien vrai. Cette année, nous avons vu arriver trois couples de cigognes blanches. J'ai repéré deux nids, mais pas le troisième. J'avais bien deviné, le troisième couple a fait son nid chez vous.

— Quelle perspicacité ! Comment as-tu deviné ? demanda-t-elle en clignant de l'œil.

— Quand elles viennent pêcher et s'ébattre dans la rivière, elles arrivent toujours de par là et elles repartent dans la même direction. C'est comme vous au temple, vous en sortez et y rentrez tous les jours, c'est donc que vous y habitez.

— Parce que je sors et je rentre, dit-elle avec un soupçon d'irritation, je fais partie du lieu ?

— Certainement, trancha Noiraud.

— Alors, toi qui entres et sors des latrines tous les jours, je dois en déduire que tu y habites ? » En poussant le raisonnement jusqu'à l'absurde, elle voulait profiter de l'absence de Dents de Fer pour tester les capacités de réflexion de Noiraud et voir s'il avait retrouvé ses esprits.

Furieux, il lui rétorqua sombrement : « Si un cochon pensait cela, je n'en débattrais pas avec lui, mais puisque c'est vous, aussi bien *moi* que *je*, nous ne l'apprécions pas du tout. Comment une nonne peut-elle penser comme un cochon ? »

Dexiu encaissa le sarcasme, qui eut pour effet de la réjouir. L'œil pétillant de gaieté, elle reprit un ton aimable pour décrire le nid de cigognes à Noiraud :

« D'après ce que je peux voir d'en bas, leur nid dépasse la taille d'une cuvette. Ces oiseaux sont vigoureux, ils transportent dans leur bec des branches d'arbre, de la mousse, de l'herbe sèche, de la boue, et même des petits cailloux. Leur nid est bien plus solide que celui des martinets. Le problème, c'est que s'ils s'accouplent sur le toit du troisième sanctuaire en craquetant, cela n'est vraiment pas respectueux pour les Bouddhas. Pour entrer dans le sanctuaire, nous sommes obligées d'attendre qu'ils quittent le nid. En outre, ils mangent des souris, c'est écœurant. Un jour où Yunguo allait rajouter de l'huile dans les lampes, elle a vu une cigogne regagner le nid avec une souris dans le bec ; ça l'a fait vomir, elle a renversé l'huile par terre et elle n'ose plus aller dans le troisième sanctuaire.

Je viens vous demander de l'aide pour déplacer le nid.

— C'est la vénérable Huixue qui vous envoie ?

— Non, c'est Yunguo, répondit-elle en toute sincérité. Notre supérieure dit que si ces oiseaux sont là, c'est qu'ils étaient prédestinés à y venir ; il ne faut ni les chasser ni les garder coûte que coûte, il faut les laisser libres d'aller et venir. Elle a beau dire, elle ne les aime guère. Avant, elle se rendait dans les trois sanctuaires matin et soir, mais à présent, elle ne va pas souvent dans le troisième. Le printemps vient d'arriver, les visiteurs sont rares, mais dans quelque temps, ils seront nombreux à venir faire leurs dévotions ; c'est dans le troisième sanctuaire qu'ils sont les plus fervents. Quand ils verront les cigognes, de quoi ça aura l'air ? »

Noiraud lui raconta par le menu que ce grand oiseau lui avait autrefois sauvé la vie, c'était un oiseau surnaturel, chacune de ses plumes était précieuse, il ne fallait pas toucher à son nid. C'était une grande chance que ces cigognes nidifient sur le toit du troisième sanctuaire. Si les Bouddhas les avaient attirées là, c'est qu'ils les aimaient particulièrement. Pour les oiseaux comme pour les humains, il n'est pas facile de se construire un nid. Jamais Noiraud n'accepterait de se conduire en démolisseur barbare. D'ailleurs, puisqu'elles avaient couché ensemble, elles allaient probablement pondre et couver ; jamais lui, Noiraud, ne pourrait priver leur descendance d'un foyer.

Dexiu rougit en entendant Noiraud dire que les cigognes avaient couché ensemble. Après avoir épousseté sa robe, elle conclut :

« Puisqu'il en est ainsi, j'ai parlé pour rien. Nous autres, qui avons renoncé au monde, nous ne devons pas nous occuper des émotions et des plaisirs de ces oiseaux qui, eux, n'ont pas renoncé au monde.

— Comment pourraient-ils y renoncer ? Se raser le crâne, pour eux, ce serait se faire arracher les plumes, ce serait terrible. »

Noiraud annonça qu'il était temps d'aller nourrir les oiseaux, laissa la nonne seule pour aller dans la remise remplir une cuvette de grain et se dirigea vers la rivière. En voyant son dos robuste et en entendant ses pas énergiques, Dexiu sentit monter en elle une étrange bouffée de tendresse. Malgré la recommandation de Noiraud, elle avait envie de lui préparer un repas. Elle entra dans la cuisine, but un bol d'eau froide, alluma le feu. Elle passa en revue les provisions, les ingrédients de base étaient au complet et elle trouva œufs, pommes de terre, oignons, navets et une botte de céleri gardés au frais dans le coin nord. Comme elle réussissait très bien la soupe aux boulettes, elle hacha un oignon, puisa un bol de farine qu'elle réserva. Elle nettoya à fond la casserole avec de la poudre à récurer, la fit sécher sur le feu, y versa de l'huile, et quand celle-ci fut chaude, y fit revenir l'oignon avant d'ajouter une louche d'eau. Elle examina les légumes qu'elle ne trouva pas assez frais ; elle retira alors les braises du feu, sortit et prit son bourdon pour aller cueillir des pousses fraîches de céleri d'eau qu'elle avait vues au pied du pont en arrivant.

Dexiu n'était pas encore à l'âge où l'on a besoin d'un bâton pour marcher, mais lorsqu'elle sortait seule du temple, elle prenait toujours le sien. Elle lui trouvait de nombreuses utilités. Lors des grosses pluies qui formaient des torrents dans la montagne, il lui servait à mesurer leur profondeur avant de passer à gué. Quand elle rencontrait en chemin un serpent ou un chien agressif, c'était un moyen de défense. Si elle voyait des merises trop hautes pour qu'elle puisse les atteindre, elle cassait une branche avec son bâton et pouvait s'en régaler. Et si jamais elle rencontrait un individu nourrissant de mauvaises intentions, elle aurait une arme. Le bourdon offert par Huixue, sa supérieure, était doté de pouvoirs illimités : en cas de péril, il pouvait transformer le malheur en bonne fortune.

Tandis qu'elle cueillait du céleri d'eau, elle aperçut Noiraud. Accroupi au bord de la rivière, il guettait les canards dans l'eau. Sa cueillette terminée, elle vit arriver deux cigognes venant du temple de la Déesse et songea que c'était sûrement le couple qui nichait sur le toit du troisième sanctuaire. Elles se posèrent calmement sur la rivière. Il va sans dire que les battements d'aussi grandes ailes firent jaillir de l'eau un vrai feu d'artifice.

Quand Noiraud revint de nourrir les oiseaux, la soupe aux boulettes était prête. Dexiu avait ajouté deux œufs à la pâte et les boulettes fermes et appétissantes avaient la couleur de l'ambre. Elle remplit un bol de soupe qu'elle posa près du foyer et appela Noiraud pour qu'il vienne manger. Après un mot de remerciement, il saisit ses baguettes et, à grand bruit, vida le bol en un rien de temps. Quand il eut fini, il se lécha les lèvres, puis, la tête dans les mains, éclata en sanglots. La nonne, qui ne l'avait jamais vu pleurer, sursauta et dit en frappant le sol de son bâton :

« Même si elle n'est pas bien réussie, ce n'est pas une raison pour pleurer. Pourquoi ce repas que je t'ai préparé te rend-il malheureux ? »

Relevant son visage ravagé par les larmes, il répondit en sanglotant :

« Il y a des années que je n'ai pas mangé un plat préparé par une femme. C'est tellement bon que c'en est insupportable. » Et il se remit à sangloter plus fort.

Ces mots firent plaisir à Dexiu tout en l'inquiétant. Elle était heureuse qu'il apprécie ses talents de cuisinière ; quand un homme félicite une femme pour son savoir-faire, c'est aussi agréable que s'il vantait sa beauté. Par ailleurs, elle craignait que Noiraud, poussé par un excès d'émotion, ne se conduise de façon déplacée envers elle ; après tout, il avait l'esprit dérangé. Sans rien dire, elle lui tapota le dos avec son bâton, à la fois consolation et au revoir, et elle repartit à grands pas vers le temple de la Déesse. Sur le pont, elle s'arrêta un moment, se retourna pour jeter un œil au chalet et poussa un soupir. Cette fois, c'était Noiraud en pleurs dans le chalet qui la faisait soupirer.

Quand il eut assez pleuré, Noiraud fit la vaisselle, se lava le visage et remplit la jarre d'eau. Le puits de la réserve avait été foré par la même équipe de puisatiers que celui du temple. La pompe qui surmontait le puits, avec son bras, évoquait une cigogne endormie, perchée sur une patte. C'était une pompe à piston, et pour tirer de l'eau, il fallait d'abord l'amorcer en y versant de l'eau claire ; alors le mouvement du bras faisait remonter des profondeurs l'eau qui jaillissait du tuyau. Pour le puits du chalet, on avait trouvé l'eau à sept ou huit mètres de profondeur, mais pour le temple, disait-on, il avait fallu creuser à plus de dix mètres. Plus elle est profonde, meilleure est l'eau : chaque fois que Noiraud buvait de l'eau du temple, il la trouvait plus douce que celle de la réserve.

Après le départ de la nonne, Noiraud se sentit soudain solitaire, alors qu'il n'avait jamais eu cette impression auparavant. Il chercha des occupations pour passer le temps. Il vida les latrines et mêla les excréments à de la terre pour faire de l'engrais. Il retourna derrière le chalet, là où il avait défriché une parcelle à côté des latrines pour planter des légumes. A présent, les pousses d'épinards et de petits choux pointaient et les graines de haricots qu'il avait mises à gonfler dans l'eau deux jours plus tôt allaient germer. Il traça deux sillons et les mit en terre. Comme il se sentait toujours aussi seul, il alla plier soigneusement la couette qu'il avait roulée n'importe comment, balaya le *kang* et le sol, ainsi que le devant du chalet. Il posa les yeux sur le tronc d'arbre où Dexiu s'était assise et s'en approcha : c'était une souche d'orme de cinquante centimètres de diamètre, un très vieil arbre au bois lisse et brillant, poli par le temps, dont les cernes indiquant l'âge étaient nettement visibles, comme si un oiseau y avait fait un tour après l'autre pour les former, ou comme des rides concentriques sur l'eau. Noiraud en caressa la surface, peut-être le soleil l'avait-il chauffée, à moins qu'il ne restât un peu de la tiédeur du corps de Dexiu : la chaleur du bois le plongea dans une folle rêverie. Cependant il prit conscience que penser ainsi à une nonne était aussi déplacé que lui caresser les fesses, et il s'éloigna pour chercher autre chose à faire.

Il alla dans la remise avec l'intention de prendre un filet pour pêcher des poissons dans la rivière : il les ferait frire ce soir après les avoir laissés macérer dans la sauce de soja. Il regarda les nasses confectionnées par Dents de Fer, se demanda s'il pourrait attraper des poissons avec et décida de tenter sa chance. Quand il en prit une, une plume beige s'en détacha pour tomber en voltigeant comme une feuille d'arbre à l'automne. Il la reconnut au premier coup d'œil comme celle d'un fuligule milouin ! Est-ce que Dents de Fer se servait de ces nasses pour attraper des canards sauvages ? En réfléchissant, il se dit que, tout à l'heure, quand il était allé les nourrir à la rivière, il les avait trouvés moins nombreux que d'habitude et aussi moins vifs. Cette idée le préoccupa.

Il sortit, la plume à la main, et s'assit sur le tronc d'arbre pour attendre Dents de Fer et l'interroger. Il ne se doutait pas qu'il allait y passer la nuit.

8

Il était environ sept heures du matin lorsque Dents de Fer franchit le poste de contrôle avec Jiang Jinfa, son passager. Ils avaient pris leur petit déjeuner dans la rue de la Paix au restaurant *Koukouxiang – Bouchée savoureuse* –, connu pour ses beignets torsadés, sa gelée de soja, ses galettes au sésame et sa soupe aux tripes de mouton, tout comme pour sa moutarde et ses légumes en saumure. Ces mets délicieux et bon marché attiraient la moitié des habitants de la ville. De nombreux employés de Wacheng aimaient y prendre leur repas du matin avant de se rendre au travail.

La rue de la Paix donnait d'un côté sur la rue Fuzhao où étaient regroupés le siège du Parti communiste de Wacheng, la mairie, le commissariat, le tribunal et le bureau du procureur, ainsi que les services financiers, l'Office des travaux publics et l'Agence de l'eau. A l'autre bout, elle aboutissait dans la célèbre rue des Sept Etoiles. L'Assemblée populaire locale, le Comité consultatif local, l'Administration civile, la Sécurité sociale, la Direction des affaires judiciaires, l'Office des forêts, le Bureau de l'Education, le Comité agricole, le lycée n° 1 et l'hôpital local se trouvaient tous dans cette rue.

La rue de la Paix, en sandwich entre ces deux artères comme la viande hachée ou la saucisse entre les deux tranches de pain d'un hamburger, était doublement bien située.

On y trouvait tout ce dont on pouvait avoir besoin : quatre agences bancaires, deux bureaux de poste et une foule de commerces, restaurants, hôtels, pharmacie, studio de photographie, teinturerie, quincaillerie, magasins de vêtements, bijouterie, marchand de chaussures, magasins d'alimentation, salons de coiffure, de massage, de pédicure, agences immobilières, spécialisées dans l'organisation de mariages, dans la décoration, le dépannage informatique, garagiste, etc. Cette rue enfumée et polluée était la plus vivante de Wacheng. Quand les nouveaux venus ne savaient pas où trouver quelque chose, les gens du cru leur répondaient en général : « Allez rue de la Paix, on y trouve de tout. »

Dents de Fer y avait déniché pour Lao Ge une veste bleu foncé qui lui avait coûté cent vingt yuans. Il avait l'intention de la lui donner quand il passerait le poste de contrôle, mais Lao Ge n'était pas de service. Il se dit que cela valait mieux, car s'il la lui avait donnée devant les autres, ils en auraient conçu des soupçons et flairé quelque combine. D'ailleurs, s'il avait fait ce cadeau en présence du chef de service Jiang, ce dernier aurait pensé que Lao Ge avait barre sur lui. De quoi pouvait-il s'agir pour quelqu'un de la réserve ? Ce devait avoir un rapport avec les animaux. En y songeant, il se félicita de l'absence de Lao Ge et se dit qu'à son prochain voyage, il l'inviterait à boire un verre et en profiterait pour lui offrir la veste. Satisfait, il se tourna vers Jiang Jinfa avec un grand sourire.

Le voyant de si bonne humeur, Jiang Jinfa lui demanda :

« Qu'est-ce qui te rend si joyeux ?

— C'est un honneur qu'un dirigeant vienne à la réserve pour nous guider dans notre travail. Vous n'avez pas remarqué que le soleil s'en réjouit, les rhododendrons aussi, je parie que tous les oiseaux vont se mettre en frais pour votre venue. Comment pourrais-je ne pas sourire ?

— Tu sais vraiment de mieux en mieux tourner les compliments. Ta nièce, oh ! je devrais dire la directrice Luo, qui sait si bien s'y prendre, c'est de toi qu'elle tient cela ? Elle ne ressemble pas à sa mère. Il y a quelques jours, j'ai rencontré ta sœur au marché, je lui ai dit bonjour et elle m'a juste fait un signe de tête.

— Eh oui ! Elle est comme ça, même dans son enfance, elle n'a jamais su sourire. C'est un défaut. Elle a été veuve de bonne heure, et même la réussite de ses enfants n'y change rien, elle est revêche. Ce n'est pas qu'avec vous. Sachant qu'elle était rentrée de Shenzhen, comme j'étais en ville hier, j'ai pris le temps d'aller la voir, mais elle n'avait pas grand-chose à me dire. Je ne sais pas si c'est parce que sa fille a un poste important qu'elle ne fait pas cas des autres, mais en réalité, c'est dans son caractère.

— Oui, la directrice Luo est différente. Elle n'est pas seulement jolie, elle est d'un naturel aimable. Avec nous, ses subordonnés plus âgés, elle n'est jamais distante, au contraire, elle est très chaleureuse. Parmi les sous-directeurs de Wacheng, elle est la plus jeune mais tout le monde dit qu'elle aura bientôt de l'avancement. Et ensuite, elle progressera sans problème. On raconte que Fang, le secrétaire du Parti, l'apprécie particulièrement. Tous les responsables de la ville doivent passer par sa secrétaire pour obtenir un rendez-vous quand ils veulent lui rendre compte de leur travail, mais quand la directrice Luo veut le voir, elle n'a pas besoin de prendre rendez-vous ! D'après sa secrétaire, chaque fois que la directrice Luo vient le voir, il est de bonne humeur plusieurs jours de suite ! » Quand Jiang Jinfa se tut, il prit conscience que de tels éloges étaient une façon de dévoiler les points faibles d'autrui, et il battit en retraite : « Ces racontars ne sont peut-être pas fondés. Et ceux qui racontent que lorsqu'elle est en ville, elle accompagne le secrétaire Fang le soir à des séances de cinéma privées, qui les croirait ? »

Dents de Fer jeta un coup d'œil à Jiang Jinfa. « Les autres peuvent bien dire n'importe quoi, dit-il gentiment. Celui qui ne craint pas de proférer des mensonges peut s'en donner à cœur joie. Meimei n'est pas comme ça, elle s'entend très bien avec son mari. » Et il donna quelques coups de klaxon comme pour marquer son désaccord.

Jiang Jinfa ne se serait pas cru capable d'accumuler ainsi les maladresses, il devenait vraiment gâteux, il était grand temps qu'il prenne sa retraite. De façon surprenante, depuis deux ans qu'il avait pris goût à la photographie de paysages, il se passionnait pour la nature, mais dans ses relations avec les autres, il accumulait les bourdes ; même sa femme disait qu'il n'avait plus toute sa tête, elle suggérait qu'il aille à l'hôpital passer un scanner pour voir si son cerveau n'était pas en train de s'atrophier.

« Il faut vraiment que je me retire chez moi, ironisa-t-il, j'ai le cerveau qui flanche, je vais bientôt devenir comme Noiraud.

— Cette année, Noiraud a l'esprit bien plus alerte.

— Comment ça ? demanda Jiang Jinfa avec intérêt.

— Il est plein d'attentions envers les nonnes. A notre retour à la réserve, il a apporté un bocal de moutarde en saumure de sa fabrication qu'il leur a offert pour mijoter avec leur fromage de soja.

— Ainsi va la sagesse humaine ! s'exclama Jiang Jinfa. Pendant mes deux jours à la réserve, j'en profiterai pour aller me recueillir au temple de la Déesse. Pense donc, depuis l'antiquité, mandarins et gens du peuple sont toujours allés se prosterner dans les temples.

— En effet.

— A propos de Noiraud, Zhang Kuo, sa fille, n'est pas aussi facile à vivre que lui. Elle est terrible. A la réserve, vous n'avez pas appris le scandale qu'elle a fait au commissariat il y a quelques jours ?

— Ma femme ne m'en a rien dit hier soir, dit Dents de Fer surpris. Qu'est-il arrivé ?

— Après la fête du Printemps, la cueillette des azalées n'a pas cessé malgré l'interdiction ; les activités des contrôleurs étaient plus apparentes que réelles, les cueilleurs les évitaient en passant par les sentiers et continuaient à récolter les fleurs. Les autorités, incapables de sévir à la source, sont allées chez le grossiste vérifier qui expédiait les plus grandes quantités d'azalées à l'extérieur. Ils ont découvert que c'était Zhang Kuo. Pour attraper les bandits, il faut d'abord capturer le chef. Les agents du Service de protection des forêts sont allés l'arrêter. Comment a-t-elle réagi ? Elle a reconnu qu'elle achetait les fleurs, mais sans les cueillir. Autrement dit, si les cueilleurs avaient commis un délit, elle pouvait tout au plus être accusée de complicité. Les agents lui ont demandé les noms des cueilleurs, mais elle a refusé de les leur donner, pour la simple raison que tous ceux qui allaient cueillir ces fleurs étaient dans une extrême pauvreté ; est-ce que des gens riches ayant la vie facile se donneraient la peine de gagner ces quelques sous au prix de grands efforts ? Pour eux, cela représentait à peine une bouchée à se mettre sous la dent. En vérité, cueillir des azalées pour les envoyer dans les grandes villes était un moyen d'aider les pauvres. Les gens des villes avaient l'air respectables, mais ils n'étaient pas heureux, ils avaient l'esprit vide, c'était une autre pauvreté. Ils ne cultivaient pas ces fleurs sauvages pleines de vie, c'est pourquoi ils avaient besoin de ces azalées. Que ceux qui vivent en montagne réconfortent les gens des villes, n'était-ce pas aider les pauvres ? Elle a mis l'accent sur un point crucial : le règlement sur la protection des plantes sauvages interdisait de collecter les plantes rares ainsi que les plantes sauvages des zones forestières et de la steppe, mais il ne parlait pas de la cueillette des azalées ; puisqu'il n'y avait pas d'interdiction clairement formulée, ce n'était pas un délit de les cueillir. En un mot, elle se considérait comme une citoyenne respectueuse de la loi et son arrestation par la police violait les droits civiques. Les agents du Service de protection des forêts, médusés, n'avaient pas les moyens de contre-attaquer, ils ont finalement cherché à régler l'affaire discrètement, en la libérant contre une amende de deux mille yuans. Mais Zhang Kuo a déclaré que, puisqu'elle n'avait pas contrevenu à la loi, ils n'avaient aucune raison de la condamner et que donc elle refusait de payer l'amende. D'ailleurs, ni elle ni son mari n'avaient de travail régulier, ils avaient un enfant à charge et faisaient partie de ceux qui auraient dû être aidés par le gouvernement. Constatant qu'ils avaient affaire à une récalcitrante, ils ont réduit l'amende de moitié en la ramenant à mille yuans. Pour quel résultat ? Elle a ôté son sweat et son gilet de corps, dénudant ses gros seins, et déclaré qu'ils étaient sa plus grande richesse, ils n'avaient qu'à en évaluer le prix et les couper pour payer l'amende. Son manège les a laissés sans voix, figés dans une hébétude proche de celle de Noiraud. Les agents ont fixé un bon moment ses gros seins blancs, tendres et fiers, avant de sortir l'un après l'autre de la salle d'interrogatoire.

Ils ont envoyé une policière l'aider à se rhabiller et l'ont relâchée. Que pouvaient-ils faire d'autre ? Elle était capable de tout ! Elle s'en est tirée à bon compte, mais les deux agents qui l'avaient interrogée ont eu à subir les foudres de leurs épouses. Rentrés chez eux, ils leur ont raconté l'histoire en s'étonnant que Zhang Kuo soit si féminine alors que leurs femmes avaient les seins si flasques. Furieuses, elles les ont traités de voyous et sont allées se plaindre à leurs chefs que le commissariat était devenu un lieu de revue porno et qu'ils en étaient responsables. Zhang Kuo s'en est bien tirée mais le commissariat est dans l'embarras et la diffusion de l'histoire fait la joie des habitants qui se délectent de l'astuce de Zhang Kuo. »

Quand il eut fini de conter l'histoire, Jiang Jinfa soupira : « J'ai toujours cru que les policiers étaient friands de grivoiseries. Cette affaire m'a fait comprendre qu'ils étaient vraiment sobres et ne fréquentaient pas les mauvais lieux. Des seins comme ceux de Zhang Kuo, dans les salons de massage et de pédicure de Wacheng, ça ne doit pas être difficile à trouver, non ?

— Comment pourraient-ils être aussi savants que vous ? » s'exclama Dents de Fer en riant.

Jiang Jinfa se tapa sur la cuisse : « Ça alors ! Je te parle sérieusement, et toi, tu cherches à m'embrouiller. C'est ce que j'ai entendu dire, je ne suis jamais allé dans ces endroits-là. Même si je ne surveille pas assez mes paroles, ma fonction m'oblige à la réserve. D'autant que, dans une petite ville comme Wacheng, où que l'on aille, tout le monde vous connaît.

— C'est bien pour ça que l'on raconte que vous autres, dirigeants, aimez aller en mission. Loin de chez vous, si vous entrez dans un centre balnéaire et que vous demandez un traitement spécial, personne ne sait qui vous êtes.

— Tu en sais des choses ! » Jiang Jinfa se hâta de changer de sujet. « Dis-moi un peu pourquoi on t'appelle Dents de Fer ? Au début, tout le monde croyait que c'était un surnom. On ne se doutait pas que c'était ton vrai prénom.

— C'est ma mère qui me l'a donné. Elle a eu la vie dure, ma mère. Son premier enfant, un garçon, est mort une semaine après sa naissance. Le deuxième, ma sœur, est la mère de Luo Mei. Après sa naissance, elle a été de nouveau enceinte, mais elle a fait une fausse couche à six mois de grossesse, cette fois c'était un garçon. Alors, quand moi, un mâle, je suis né, craignant que le dieu des Enfers ne vienne me reprendre, elle m'a appelé Dents de Fer. Pour elle, cela voulait dire qu'avec des dents d'acier, quel que soit le petit diable qui viendrait me chercher, je n'en ferais qu'une bouchée. » Il ouvrit la bouche pour montrer ses dents à Jiang Jinfa et ajouta : « Le nom que m'a donné ma mère a été vraiment efficace. Mon visage n'a rien d'extraordinaire, petits yeux, paupières gonflées, lèvres minces, sourcils clairsemés, j'ai toutes les imperfections ; en revanche, je peux rendre hommage à mes dents, malgré le tabac, la boisson et mon amour pour les sucreries, il ne m'en manque pas une, je n'ai pas de carie, inutile de dire que je peux même croquer du gravier, et elles sont toujours blanches. C'est quand même étonnant ! »

Il y avait peu de circulation à cette heure matinale ; un bon soleil leur réchauffait le cœur et malgré quelques nids-de-poule sur la route empierrée, le trajet de cent kilomètres ne leur sembla pas long. Tout en bavardant, ils arrivèrent à la réserve deux heures plus tard. Noiraud était assis sur la souche d'arbre, une plume de canard entre les doigts. Quand il vit la camionnette familière s'arrêter, il s'approcha, l'air grave, et sans tenir compte de la présence de Jiang Jinfa, il enfonça la plume dans une narine de Dents de Fer et déclara solennellement : « Dorénavant, le chef de la réserve ne s'appellera plus Zhou, ce sera moi, Zhang le Noiraud. » Dents de Fer, qui ne comprenait rien à sa disgrâce, ôta la plume de sa narine et plaisanta : « Tu fais une crise, c'est ça ? C'est le chef de service Jiang qui peut nommer celui qui dirige la réserve, tu n'as pas le pouvoir de me révoquer.

— Moi, je t'ai attendu toute la nuit ! déclara Noiraud haletant. Cette plume était accrochée à une nasse dans la remise ; tu sais bien que la porte et la fenêtre sont toujours fermées, aucun canard ne peut y entrer. C'est toi qui as fabriqué ces pièges, moi, je ne les utilise pas, mais toi, tu t'en es servi, dis-moi pour quoi faire ! Moi, je ne peux pas accepter ça ! Tu n'es plus chef de la réserve, comment un responsable pourrait-il ne pas rentrer de la nuit ? »

Noiraud avait découvert la filouterie de Dents de Fer ; ce dernier n'en menait pas large, comment avait-il pu laisser une plume en contrôlant les pièges ?

Heureusement, tout le monde connaissait le déséquilibre mental de Noiraud. Il disait la vérité mais les autres pouvaient prendre cela pour des divagations. Il évita de répondre à la première question et se contenta de répondre à la deuxième.

« Ce n'est pas moi qui ne voulais pas rentrer, c'est le chef de service Jiang qui m'en a empêché. » Il se tourna vers Jiang Jinfa. « Vous voyez, monsieur le chef de service, je vous disais bien qu'il fallait absolument que je rentre pour la nuit, le chalet n'a pas brûlé mais Noiraud ne me reconnaît plus comme chef de la réserve.

— Eh bien ! Que Zhang le Noiraud devienne chef de la réserve ! dit Jiang Jinfa tout sourire. Chef Zhang, pourriez-vous chauffer de l'eau pour nous faire du thé ? La route nous a donné soif. »

Noiraud acquiesça.

Le voyant obéir, alors qu'il pensait qu'il refuserait, qu'il n'accepterait plus de recevoir d'ordres une fois devenu chef imaginaire, Dents de Fer poussa un soupir de soulagement. Il lui recommanda : « Quand tu auras fait le thé, il faudra décharger les provisions. Aujourd'hui, on rapporte de quoi faire plaisir aux oiseaux.

— Qu'est-ce que c'est ?

— En plus du grain, des crevettes et des petits poissons. Tout à l'heure, les oiseaux vont se les disputer furieusement. De plus, le chef de service Jiang nous traite bien, il a apporté de bonnes choses à manger et à boire, de l'alcool de sorgho, de la bière, du poulet rôti, de l'oie rôtie, du poisson fumé, du saucisson, du fromage de soja séché, des œufs de cent ans, des galettes aux amandes, des petits pains farcis à la pâte de haricots rouges, des torsades frites et des galettes sucrées, nous n'aurons pas à faire la cuisine pendant deux ou trois jours ! Il faudra juste que tu récoltes des légumes sauvages, une fois blanchis et assaisonnés à la sauce de soja, ils accompagneront les plats, sinon nous manquerions de légumes, il n'est pas bon de ne consommer que de la viande. »

Noiraud se lécha les lèvres sans se gêner et demanda : « Combien de jours restera-t-il ? »

En entendant la question, Jiang Jinfa qui allait entrer dans le chalet se retourna pour faire enrager Noiraud : « C'est toi le chef de la réserve, c'est à toi de décider combien de jours je peux rester. Si tu ne veux pas que je dorme dans le chalet, je roulerai ma couette et j'irai dormir avec les oiseaux… »

Noiraud prit la plaisanterie au sérieux et répondit gravement : « C'est impossible, car les oiseaux vivent en couple ; c'est l'époque de la ponte, si vous vous immiscez dans un couple, si jamais une femelle pond un œuf bizarre, et que cet œuf donne naissance à un être ni homme ni oiseau, quelle histoire ! »

Jiang Jinfa se détourna en riant pour entrer, se cogna la jambe contre la poutre du seuil et s'écria : « Oh là là ! » Dents de Fer éclata de rire si fort que le côté droit de sa mâchoire se décrocha, il poussa un gémissement et la soutint de la main en s'écriant : « Aïe ! Mon crochet, mon crochet, ne m'abandonne pas ! »

En les voyant rire si fort, Noiraud crut qu'ils n'avaient pas compris ce qu'il voulait dire et recommença à expliquer à Jiang Jinfa que s'il couchait avec un oiseau, il détruirait un couple.

Jiang Jinfa se redressa et, appuyé au chambranle, déclara : « Le proverbe a bien raison de dire : *Mieux vaut détruire un temple que briser un mariage.* Je m'en souviendrai.

— On ne doit pas briser un mariage, dit doucement Noiraud, mais on ne peut pas non plus détruire un temple. Si on détruisait le temple de la Déesse, où les nonnes pourraient-elles se réfugier ? Elles ont quitté leur famille, le temple est leur maison, que deviendraient-elles sans maison ? »

Endurant la douleur de sa mâchoire tout en réprimant son rire, Dents de Fer réussit non sans peine à la remettre en place. Il s'avança pour inviter Jiang Jinfa à entrer et lui présenta la meilleure chaise en bois d'orme du chalet ; il s'accroupit pour essuyer le siège avec sa manche et lui proposa de s'asseoir pour se reposer, puis il se hâta d'allumer le feu pour chauffer de l'eau. Dans le foyer, les cendres étaient froides, Noiraud avait dit la vérité, il ne devait pas avoir allumé de feu ce matin, il n'avait pas encore mangé. Quand le feu eut pris, le chef de la réserve commença par brûler la plume de canard. D'après ce qu'il savait de Noiraud, sans la preuve que représentait la plume de canard, ses doutes à propos des pièges s'effaceraient rapidement.

Jiang Jinfa lui confia qu'il n'avait jamais autant ri lors des spectacles de dialogues comiques et de sketchs de la fête du Printemps. En compagnie de Noiraud, les divertissements ne manquaient pas à la réserve ; si on ajoutait le calme, l'air pur et les beaux paysages à photographier, il avait envie de rester quelques jours de plus.

« Installez-vous tranquillement, je vous servirai de cuisinier. Noiraud sera votre valet de chambre, il s'y entend pour plier les couettes et laver le linge. »

Noiraud entra, portant une brassée de bûches, mais voyant que Dents de Fer s'occupait d'une tâche qui lui était dévolue, il se sentit inutile. Dents de Fer lui dit : « Chef Zhang, je fais chauffer l'eau, va donc décharger la camionnette. Tu n'as encore rien pris ?

— Depuis hier soir jusqu'à ce matin, je n'ai mangé qu'une soupe aux boulettes confectionnée par la révérende Dexiu, dit-il gaiement. Comme elle était bonne !

— Quoi ? » Dents de Fer se redressa, ouvrant de grands yeux. « Notre fourneau est en bon état, pourquoi es-tu allé faire maigre au temple de la Déesse ?

— Mais non ! C'est la révérende Dexiu qui est venue me voir. Les oiseaux surnaturels ont fait un grand nid dans le temple de la Déesse, les nonnes voulaient que je vienne le déplacer, mais j'ai refusé. La soupe, c'est elle qui a pris l'initiative de la préparer.

— En plus de la cuisine, qu'est-ce qu'elle a fait d'autre ? demanda Dents de Fer, soupçonneux.

— Rien. Après avoir préparé la soupe, elle est repartie. » Noiraud marqua une pause, se remémorant ses larmes d'émotion en dégustant ce repas, mais il n'en dit rien à Dents de Fer.

Il alla décharger la camionnette. Dents de Fer et Jiang Jinfa bavardèrent pendant que l'eau chauffait, puis que le thé infusait. Une demi-heure plus tard, ils avaient assez bu mais Noiraud n'était pas revenu et on n'entendait aucun bruit au-dehors. Tandis que Jiang Jinfa préparait son appareil photo, Dents de Fer sortit voir ce qu'il trafiquait.

La porte arrière de la camionnette était ouverte et quand Dents de Fer s'approcha, il entendit des ronflements. Il sauta à l'intérieur et découvrit Noiraud en train de dormir, affalé sur le dos. Il exhalait une odeur d'alcool et poussait de temps en temps des petits cris de bonheur ; il était en train de faire de beaux rêves. A côté de lui, il y avait un tas d'os parfaitement nettoyés, des coquilles d'œufs et une bouteille d'alcool vide. Dents de Fer examina la scène : il avait bu une bouteille d'alcool de sorgho et deux canettes de bière, mangé toute l'oie rôtie, deux œufs de cent ans et trois petits pains farcis. L'oie rôtie était le plat préféré de Jiang Jinfa et il avait tout mangé. Quel enfoiré ! Furieux, il lui lança un coup de pied en criant : « Debout, mon cochon ! »

Noiraud poussa deux grognements et lança un pet sonore en guise de réponse.

9

Jiang Jinfa séjournait à la réserve depuis quatre jours déjà. Il n'était pas obligé d'aller au bureau, ni de parapher toutes sortes de documents et d'assister à maintes réunions. Il flânait à sa guise, étonnamment détendu. Le soleil lui servait de réveille-matin, tous ses actes obéissaient à son cycle. Il se levait peu après quatre heures, faisait sa toilette, puis allait se poster au bord de la Jinweng pour photographier le lever du soleil et les oiseaux. Après le déjeuner du matin et le thé, il partait fixer sur la pellicule les poissons des ruisseaux, les canards et les cigognes sur les étangs, les fleurs sauvages dans les gorges, les arbres de la forêt et les divers oiseaux qui surgissaient à sa vue. Au déclin du jour, au soleil couchant, comme s'il retardait le moment de se séparer de l'être aimé, il cherchait à saisir chaque instant du crépuscule. Lorsque les derniers rayons s'évanouissaient, plongeant la nature et lui-même dans la nuit, il rentrait enfin au chalet pour dîner et prendre du repos. En quelques jours, il avait accumulé plus de cinq cents prises de vue numériques. La réserve n'avait pas l'électricité, et comme il aimait revoir ses œuvres, deux des trois batteries qu'il avait apportées étaient usées et la troisième allait bientôt rendre l'âme. Il avait décidé d'aller saluer les Bouddhas du temple de la Déesse, et après avoir photographié le nid de cigognes du troisième sanctuaire, il retournerait en ville. Après tout, une foule de tâches l'attendaient dans son service, et s'il prolongeait son inspection trop longtemps, il risquait d'encourir des critiques. Il tenait à éviter les ennuis à l'approche de la retraite.

Dents de Fer, qui l'avait accompagné tous les jours, était sur les genoux, et à l'idée qu'il devrait aller en ville exprès pour le raccompagner, il demanda à Noiraud de le conduire au temple de la Déesse.

Jiang Jinfa était enchanté de la compagnie de Noiraud qu'il trouvait divertissant. Voyant Jiang Jinfa se passionner pour le soleil au lever et au coucher mais se désintéresser de la lune, Noiraud lui avait glissé qu'il devait craindre sa femme, car si jamais il était rentré avec des photos du brillant clair de lune, il n'aurait pas évité une scène de ménage. Dans son esprit, la lune était une femme. Lorsqu'il avait visionné avec Jiang Jinfa toutes ses photos d'oiseaux, à force de les regarder, il s'était inquiété : si ces oiseaux capturés dans son appareil s'envolaient tous, ne risquaient-ils pas de le casser ?

Avant de partir pour le temple, Noiraud se changea et cueillit un plein panier de légumes sauvages pour que les nonnes puissent les cuisiner à la sauce fumée.

Ils allaient se mettre en route quand une ambulance arriva dans la réserve. Trois énergumènes à l'allure de revenants en descendirent. Entièrement vêtus de blanc, bonnet blanc et masque étroitement ajusté sur le visage, on aurait dit qu'ils se rendaient à des funérailles. Jusqu'à ce qu'ils parlent, impossible de savoir s'ils étaient des hommes ou des femmes.

« Comment se fait-il que le chef de service Jiang soit ici ? » demanda l'un d'eux, un grand gaillard à la voix grave, masculine. A cette voix, à ses yeux et sa silhouette, Jiang Jinfa reconnut Guo Shun, sous-directeur du service de l'hygiène.

« Qu'est-ce que tu viens faire ici, Shunzi ? lui demanda-t-il. Et harnachés comme ça, vous êtes effrayants. »

Jiang Jinfa était une vieille connaissance de Guo Kui, le père de Guo Shun. Guo Kui venait de quitter ses fonctions de secrétaire du Parti à l'Office des forêts de Wacheng. Avant de prendre sa retraite, il avait usé de son pouvoir pour procurer de l'avancement à ses deux enfants : sa fille, désormais directrice du lycée n° 2 de la ville, et son fils, sous-directeur du service de l'hygiène. Aussi la famille Guo était-elle une famille en vue à Wacheng mais critiquée par la population.

Les trois arrivants firent quelques pas mais sans s'approcher d'eux. Guo Shun présenta ses deux compagnons, Xiao Wang, du service de prévention des infections, et Xiao Li, du service des maladies contagieuses de l'hôpital. Il annonça la découverte d'un malade suspecté d'être atteint d'une forme de grippe aviaire hautement contagieuse ; il était soigné et mis à l'isolement à l'hôpital. D'après les premiers examens, le patient avait été en contact avec des oiseaux migrateurs. Les autorités avaient donc ordonné la mise en quarantaine immédiate de la réserve.

Xiao Li leur demanda s'ils souffraient de symptômes tels que fièvre, toux, oppression ou courbatures. Jiang Jinfa fut le premier à déclarer qu'il se sentait très bien, à part des courbatures de fatigue dans les reins et les jambes pour avoir arpenté la réserve en tous sens ces jours-ci. Noiraud annonça qu'il ne ressentait aucun malaise et qu'il avait même mangé deux bols de nouilles le matin. Quant à Dents de Fer, il dit qu'il était sorti pisser hier soir dans le noir, s'était cogné au chambranle, et avait depuis la tête douloureuse.

Xiao Wang, du service de prévention des infections, leur demanda alors s'ils avaient observé des comportements ou des décès inhabituels parmi les oiseaux migrateurs. Jiang Jinfa et Dents de Fer déclarèrent en chœur qu'il n'y en avait pas. Noiraud réfléchit et dit que, cette année, les oiseaux s'amusaient à lâcher des fientes sur la tête des humains, il en avait été plusieurs fois victime, il semblait que les oiseaux aient appris à faire le mal. Malgré ces propos qui prêtaient à rire, personne n'avait envie de rire.

Après avoir recueilli ces informations, les trois intervenants se mirent à décharger des produits désinfectants et leur expliquèrent le mode d'emploi et les proportions. Ils leur distribuèrent masques et thermomètres en leur recommandant de prendre leur température trois fois par jour. Tandis qu'on leur remettait tout cela, Guo Shun alla casser des branches de peuplier qu'il disposa en ligne sur le sol en affirmant que c'était la limite à ne pas franchir pendant la période de quarantaine. Les trois hommes posèrent tout ce qu'ils apportaient sur cette ligne. On pouvait dire que les autorités avaient agi judicieusement, car outre les désinfectants, thermomètres et médicaments courants, il y avait de la nourriture, nouilles instantanées, biscuits, jambon et saucisson.

Impressionné par ce dispositif, Jiang Jinfa leur demanda : « J'ai terminé mon inspection, il faut que je retourne en ville. Pouvez-vous me ramener dans votre ambulance ? Si je dois être confiné, je pourrai le faire chez moi, n'est-ce pas ?

— Les autorités ont déclenché la procédure de niveau 4 destinée à répondre à une crise de santé publique, répondit gravement Guo Shun. Il est interdit à toute personne se trouvant dans le foyer de l'épidémie d'en sortir pendant la période de quarantaine. C'est le cas pour la réserve, mais aussi pour le temple de la Déesse, aucun déplacement n'est autorisé. Une autre voiture est allée y procéder à la désinfection. Vous devez attendre sur place, et si vous constatez quelque chose d'anormal chez les oiseaux ou parmi vous, vous devez en rendre compte sans tarder, pour que des mesures d'urgence soient prises. Inutile de vous affoler, ajouta-t-il pour les rassurer, peut-être que dans trois ou cinq jours, l'alerte sera levée. Le mieux à faire, c'est de vous reposer.

— Vous n'osez pas vous approcher de nous, dit Dents de Fer, cette maladie est si grave que ça ? C'est vous qui devez procéder à la désinfection ?

— Nous pouvons vous aider dans cette tâche, mais il faut nous apporter un seau d'eau, dit Xiao Wang.

— Apparemment, dit Jiang Jinfa, vous n'êtes pas d'ici.

— En effet, dit Guo Shun, on fait appel à nous quand la situation l'exige. »

Noiraud cracha, puis leur dit : « Il pleuvra dans deux jours, si vous restez dehors, vous serez mouillés.

— Ici, vous n'avez pas de radio, dit Guo Shun, comment savez-vous qu'il va pleuvoir ? »

Dents de Fer intervint : « C'est Noiraud, tu dois avoir entendu parler de lui. Je crois me souvenir que tu étais camarade de classe de Zhang Kuo, sa fille. Noiraud n'a pas besoin de voir des cirrus s'effilocher dans le ciel ou la jarre à eau transpirer, ni d'entendre les grenouilles coasser dans la journée, pour savoir quand il va pleuvoir, tu peux lui faire confiance. Il exaspère les techniciens de la Météo.

— S'il pleut, dit Guo Shun, ça ne fait rien, nous nous mettrons à l'abri dans l'ambulance.

— En fait, dit Dents de Fer, nous avons deux *kang* dans le chalet, on peut dormir à deux ou trois sur chacun, un peu serrés, cela va de soi ; mais, si vous craignez la contagion, vous n'êtes pas obligés.

— C'est une question de sécurité. » Et soit parce qu'il respirait mal, soit pour exprimer sa sincérité, Guo Shun enleva son masque, découvrant ses dents jaunes.

« Pour limiter l'épidémie au maximum, moins il y aura de personnes contaminées, mieux cela vaudra.

— Combien y a-t-il de cas à ce jour ? demanda Jiang Jinfa. Y a-t-il des morts ?

— Je ne sais pas exactement le nombre de cas de grippe aviaire. Pour l'instant, il n'y a pas de décès, mais cela peut évoluer à tout moment.

— Qui a pu favoriser la transmission du virus par les oiseaux migrateurs ?

— Oui, moi aussi, intervint Dents de Fer, préoccupé, je voudrais savoir qui a été infecté. Cette fichue réserve n'a pas le téléphone ; s'il arrive quelque chose à notre famille, on ne le saura pas. Y a-t-il des malades parmi nos proches et nos amis ? »

Guo Shun, qui n'était visiblement pas disposé à leur donner des précisions sur la situation, se contenta de dire : « Ce sont tous des migrateurs.

— Ah ! Des migrateurs... » Jiang Jinfa ouvrit les mains et déclara, indifférent : « Alors ça n'a rien à voir avec nous.

— En effet, confirma Guo Shun.

— Mais j'y pense, depuis que ton père a pris sa retraite, il passe bien l'hiver à Hainan ? Lui aussi, c'est un migrateur. Il n'a rien ?

— Non. Il vient juste de rentrer. Il s'est baigné tous les jours, c'est un vrai moricaud. »

Dents de Fer avait entendu dire que Jiang Jinfa n'avait pas suivi la vague de hauts responsables qui, comme Guo Kui, avaient tous acheté des maisons sur la côte sud, mais depuis le mariage de sa fille à

Qinhuangdao, il avait une maison là-bas. Quand on l'interrogeait, il disait que c'était un cadeau de sa fille et de son gendre. Mais les gens bien informés disaient que pour la maison de sa fille et la sienne, l'argent sortait de sa poche. Par sécurité, les deux maisons étaient au nom de sa fille. Sa fille et son gendre étaient salariés, sortis de l'université quelques années plus tôt, comment auraient-ils pu avoir assez d'économies pour les payer ? Les habitants de Wacheng ne se faisaient pas d'illusions ; parmi les dirigeants de Wacheng, rares étaient ceux qui restaient sur place. Ils s'envolaient tous vers le sud, comme si ne pas posséder une maison ailleurs quand on gravitait dans ce milieu-là, c'était perdre la face, comme une prostituée qui échouerait à racoler un client. D'où venait l'argent avec lequel ils achetaient ces maisons ? C'était évident pour tout le monde, si bien que maintenant avoir des fonctions officielles était en quelque sorte l'équivalent d'un titre de propriété.

Jiang Jinfa, ne pouvant ni aller au temple de la Déesse ni rentrer à Wacheng, n'eut d'autre choix que de retourner dans sa chambre boire son thé, puis, rongé par l'ennui, il fit un somme. A son réveil, régnait une forte odeur de produit chimique. Il sortit et vit Dents de Fer en train de vaporiser du désinfectant.

« Où est passé Noiraud ? lui demanda-t-il.

— Parmi les mesures de prévention préconisées, les latrines étant un lieu de prolifération des microbes et une source de contagion dangereuse, l'équipe de désinfection l'a envoyé recouvrir la fosse de chaux vive. Il a d'abord renâclé à accomplir cette sale besogne, mais quand je l'ai appelé chef Zhang en lui disant que dans les crises graves, les leaders étaient toujours en première ligne, cela a fait son effet et il y est allé de bon cœur.

— Les simples d'esprit sont faciles à manœuvrer », soupira Jiang Jinfa.

Un beau soleil brillait sur les pentes couvertes de forêts et sur la rivière, l'espace vibrait de chants d'oiseaux, tout était calme et paisible, sans le moindre signe d'épidémie, mais dans la cour, la limite marquée par les branches de peuplier leur rappelait clairement l'existence de celle-ci. Ce matin, les feuilles étaient encore vert tendre, comme des cœurs de jade, mais à présent, flétries par le soleil, on aurait dit des ailes de papillons fanées.

Jiang Jinfa aurait voulu profiter des derniers feux de sa batterie pour aller photographier le ballet des oiseaux sur la rivière, mais il n'osait pas s'aventurer là-bas, craignant qu'ils soient vraiment porteurs du virus. D'ailleurs, si la période de confinement se prolongeait et qu'il venait à s'ennuyer, il pourrait toujours visionner ses œuvres ; il devait garder cette précieuse réserve d'énergie pour en user au moment décisif. Il se mit à maudire les compagnies d'électricité et de télécommunication, de vrais profiteurs dont les grands pontes s'étaient d'abord mis d'accord, lors de la création de la réserve, pour prolonger la ligne électrique et la ligne de téléphone jusqu'ici, avant de déclarer que le coût des travaux était vraiment trop élevé et que l'Etat n'avait pas les moyens de faire cette dépense. Jiang Jinfa avait cru qu'avec la construction du temple du Pin et de la Neige, ces deux problèmes seraient résolus en même temps, car sans ces aménagements, il serait difficile d'attirer des fidèles. Mais finalement ses espoirs avaient été déçus. Il avait appris que la vénérable Huixue appréciait cet isolement, sous prétexte que c'était l'atmosphère qui convenait à un temple. Ces femmes qui s'étaient retirées du monde arrivaient à prendre la nuit pour le jour et entendre une musique dans le bruit du vent. Mais lui, homme du commun, n'avait pas atteint une telle élévation. A présent, il se sentait menacé ; si l'épidémie s'étendait et que, par malchance, il soit contaminé et se retrouve en danger de mort, quelle injustice ! Il n'aurait pas le temps de profiter de la maison qu'il avait achetée avec l'argent de la corruption, au prix de bien des risques.

Quand il eut fini de pulvériser du désinfectant dans la cour, Dents de Fer fit de même dans le chalet. Ebranlé par les sourcils froncés et l'air sombre de Jiang Jinfa, il alla chercher un cerf-volant dans la remise. « Nous ne pouvons pas franchir la limite, lui dit-il, en revanche, le cerf-volant peut le faire, car personne ne peut tracer des limites dans le ciel. Allez donc le lâcher dans la cour pour vous changer les idées.

— Si j'y vais, quand il aura pris de la hauteur, je couperai le fil pour qu'il soit libre d'aller où il voudra.

— Si on rend sa liberté à un cerf-volant, on le voue à la mort », dit Noiraud qui revenait de sa besogne aux latrines, masqué, les cheveux en bataille et le front en sueur. Il expliqua : « Un cerf-volant dont on coupe le fil risque de mal finir. S'il ne se coince pas à la cime d'un arbre, il tombe dans une gorge ou dans la rivière. De toute façon, c'est la mort qui l'attend. Il ne peut vivre que s'il est relié au fil enroulé sur sa planchette.

— A ton avis, être attaché à un fil, c'est ça, la sécurité ? »

Noiraud, souriant, hocha la tête.

Dents de Fer, entendant leur conversation, sortit du chalet pour intervenir : « C'est ma foi vrai, ce qu'il dit. L'hiver, quand je suis à la maison, je vais sur Internet, je surfe toute la journée sur la Toile. En parcourant les informations, j'ai découvert que parmi les fonctionnaires corrompus qui sont arrêtés, il y a beaucoup de retraités. Je me figurais que lorsqu'on a cessé ses activités, on ne risquait rien, mais apparemment, ça ne se passe pas comme ça. Une fois à la retraite, sans réseau de relations, on n'est pas à l'abri.

— Comment se fait-il, dit Jiang Jinfa avec colère, qu'un simple lancer de cerf-volant vous fasse autant réfléchir ? »

Dents de Fer se rendit compte qu'il avait commis un impair. Il ôta son masque pour sourire à Jiang Jinfa, mais d'un pauvre sourire, et Jiang Jinfa lui lança un regard peu amène. Il remit son masque et rentra poursuivre sa tâche.

Lorsque Noiraud s'en alla donner du grain aux oiseaux, Jiang Jinfa voulut l'en empêcher en disant que ces volatiles étaient peut-être porteurs du virus. Si jamais ils le lui transmettaient, ils seraient tous les trois en péril. Voyant que Noiraud ne tenait aucun compte de ses recommandations, il fut bien obligé de le laisser aller ; de peur qu'il n'ôte son masque qui le gênait pour respirer, il lui donna du « chef Zhang », le félicitant pour le courage avec lequel il portait son masque, et le mit en garde : « En tant que chef, porter un masque en zone d'épidémie, c'est montrer l'exemple, tu ne dois surtout pas l'enlever. » Noiraud acquiesça et Jiang Jinfa lui suggéra de ne pas s'approcher des oiseaux et de revenir aussitôt après la distribution du grain.

Jiang Jinfa avait fait voler des cerfs-volants dans son enfance, et dès qu'il manœuvra le fil enroulé sur la planchette, le cerf-volant en forme d'aigle s'éleva peu à peu ; il se sentit revenir au temps de sa jeunesse. Aidé par un léger vent, l'aigle montait de plus en plus haut, les ailes déployées comme un vrai rapace, et certains oiseaux lancèrent des cris d'alarme. Jiang Jinfa songea que même dans le ciel, la liberté n'est pas absolue ; parmi les oiseaux aussi, il y avait des tyrans, c'étaient les plus féroces qui disposaient du plus vaste espace. Quand le cerf-volant eut atteint une hauteur appréciable, il sortit ses ciseaux à ongles et coupa la ficelle. Il fit en lui-même le pari que si le cerf-volant retombait à terre, cela signifierait qu'il ne risquait rien, qu'il n'attraperait pas le virus ; si par malheur, il échouait à la cime d'un arbre, suspendu à mi-hauteur, il faudrait qu'il trouve le moyen de quitter la réserve. Il suivit des yeux le cerf-volant libéré qui continuait à s'élever en voltigeant, puis, pris de fièvre, il se mit à descendre, comme ensorcelé, se rapprochant de plus en plus du sol. Jiang Jinfa fit des vœux pour qu'il se pose dans l'herbe ou sur la rivière, mais un coup de vent inattendu le ramena vers le chalet et, vacillant, il tomba sur l'ambulance. Les hommes du service de l'hygiène, retranchés dans l'ambulance, sentirent un choc, ils crurent à un tremblement de terre et sortirent précipitamment. Pour les rassurer, Jiang Jinfa leur dit que c'était juste un cerf-volant qui était tombé sur leur véhicule. Guo Shun lui fit des reproches : « Quand un cerf-volant monte dans le ciel, il risque d'entrer en collision avec un oiseau en vol, c'est dangereux. En aucun cas, vous ne devez vous livrer à ce genre d'actes irréfléchis. »

Jiang Jinfa prit la mouche : « Vous devez nous protéger contre l'épidémie, mais voilà que maintenant, vous vous conduisez en policiers surveillant des délinquants, c'est tout juste si vous ne nous passez pas les menottes. Si nous tombons vraiment malades, vu votre froideur et votre égoïsme, nous ne pourrons pas compter sur vous pour nous emmener à l'hôpital. Nous cacheriez-vous des instructions confidentielles selon lesquelles, pour protéger la ville de Wacheng, si jamais nous tombons malades, vous nous laisserez mourir sur place et vous brûlerez nos cadavres en même temps que les bâtiments de la réserve ? »

Effrayé par les paroles de Jiang Jinfa, Guo Shun s'approcha lentement de lui, la main tendue comme pour lui donner une poignée de main, mais arrivé à la limite marquée par les branches d'arbre, il s'arrêta et retira sa main : « Chef de service Jiang, faites confiance à la science, il ne s'agit que de prévention. Si vous étiez contaminés, comment pourrais-je vous voir mourir sans vous porter secours ? La réserve n'est pas le seul endroit fréquenté par les oiseaux migrateurs, il y a aussi le temple de la Déesse. Vous voyez, même si nous avions l'audace d'incendier le chalet, qui oserait donner l'ordre de mettre le feu au temple ? Ce serait violer la loi du Ciel, un acte à vous envoyer tout droit aux Enfers. »

Après réflexion, Jiang Jinfa se rangea à ses raisons. Parfois, les autorités, faute de couverture médicale suffisante, ou craignant que se développe une épidémie, avaient une réaction excessive à l'apparition brutale d'une maladie contagieuse, c'était compréhensible. Guo Shun lui conseilla de se reposer et de faire appel à son équipe s'ils manquaient de quelque chose. Jiang Jinfa demeurait sceptique : « Vous n'utilisez ni le foyer ni les latrines de la réserve, vous mangez, buvez et déféquez à part, cela signifie-t-il vraiment que la réserve est un lieu dangereux ?

— Je vous l'ai déjà dit, chef de service Jiang, ce n'est qu'une mesure de prévention et rien de plus ! Regardez, le ciel est bleu, n'est-ce pas ? Je vois les oiseaux aller et venir joyeusement, il n'y a visiblement pas de problème. Mais nos supérieurs jugent que nous devons agir ainsi et nous exécutons les ordres, voilà tout. Si les choses sont vite réglées, peut-être que dans trois jours, la quarantaine sera levée. » Puis il donna l'ordre à son adjoint de mettre des gants pour retirer le cerf-volant du toit de l'ambulance et le jeter.

« Si les oiseaux migrateurs peuvent être porteurs du virus, demanda Jiang Jinfa, pourquoi n'avez-vous pas empêché Noiraud d'aller leur donner du grain ?

— Il y est allé ? Nous lui avions pourtant recommandé de ne pas le faire ces jours-ci et il avait accepté.

— C'est un simple d'esprit. Si vous lui dites de déplacer une montagne, il prendra exemple sur Yugong, le vieil idiot de la légende, et il ira casser des rochers. S'il attrape cette maladie et me la transmet, vous n'aurez pas fini d'entendre parler de moi ! Vous vous terrez dans votre ambulance, est-ce pour boire et jouer aux cartes ? C'est du je-m'en-foutisme ! »

A sa tête, on devinait le mécontentement de Guo Shun, mais il n'osa pas défier Jiang Jinfa. Noiraud revint juste à ce moment-là, et il s'en prit à lui pour manifester sa mauvaise humeur.

« Dis donc, je t'avais dit de ne pas aller nourrir les oiseaux, pourquoi l'as-tu fait quand même ? Tu ne comprends pas ce qu'on te dit ? Si tu recommences, je t'enchaînerai ! »

A l'attitude de Guo Shun, Jiang Jinfa sentit la gravité de l'épidémie. Il rentra dans le chalet et, sans demander l'avis de Dents de Fer, il transporta dans sa chambre les boîtes de conserve, les biscuits et les bouteilles d'eau minérale, avec l'intention d'éviter les contacts avec eux pendant la quarantaine. Heureusement qu'il n'avait pas mangé de canard sauvage ; deux jours plus tôt, Dents de Fer lui avait proposé en aparté de profiter du sommeil de Noiraud pour attraper un canard qu'il lui ferait cuire à l'étouffée. Malgré son goût pour le gibier à plumes, il ne voulait pas encourir les critiques de ses subordonnés ; par ailleurs, il savait que Noiraud protégeait les oiseaux et si jamais, réveillé dans la nuit, il découvrait qu'ils avaient tué un canard, il était bien capable de brandir une hache pour lui fendre le crâne. D'après ses maigres connaissances médicales, il comprenait que la grippe aviaire de Wacheng était liée aux oiseaux qui revenaient de migration ; cela voulait dire qu'il y avait eu des oiseaux de tués. Etait-ce Dents de Fer qui avait livré clandestinement des oiseaux en ville, et ceux qui les avaient mangés avaient été contaminés ? Il aurait voulu sonder Dents de Fer à ce sujet, mais s'il le faisait, ce dernier ne lui dirait pas la vérité, et cela aurait pour effet d'éveiller inutilement sa méfiance et sa peur. Il se reprocha d'avoir parié sur le cerf-volant dont il avait coupé le fil. Il fit en lui-même une promesse à tous les oiseaux migrateurs de la réserve : « Si vous ne me transmettez pas la grippe aviaire et que je rentre en ville sain et sauf, sans tenir compte des relations avunculaires du chef de la réserve, il faudra absolument éliminer le mal sournois qui menace votre sécurité et renforcer l'encadrement en embauchant quelqu'un qui vous aime et qui montera la garde pour écarter de vous tout risque de massacre. »

Après le coucher du soleil, le ciel s'assombrit. Jiang Jinfa mangea un bol de nouilles instantanées et, sans faire de toilette, se coucha de bonne heure. Dents de Fer vint frapper à sa porte pour lui demander ce qu'il voulait manger le lendemain matin.

« J'aurai assez avec des conserves et des biscuits, répondit-il à travers la porte. Je dormirai tard, inutile de me réveiller.

— Les piles de votre torche sont mortes, Noiraud a déposé une lanterne à votre porte. Il annonce de la pluie pour la deuxième partie de la nuit. Si vous vous levez cette nuit, n'oubliez pas d'allumer la lanterne, le sol sera glissant, surtout prenez-la. Il y a deux boîtes d'allumettes dans le tiroir de la table de chevet. »

Jiang Jinfa acquiesça, il ouvrit à tâtons le tiroir de la table de chevet, prit une boîte et sortit une allumette pour faire un essai. Celle-ci émit une minuscule boule de feu, tel un soleil montant à l'horizon.

10

Après deux jours de temps couvert et pluvieux, le ciel s'éclaircit. Les trois hommes n'avaient ni fièvre ni symptôme anormal. Jiang Jinfa mangeait, dormait, allait aux latrines masqué, le reste du temps, il faisait des réussites. Dès que Noiraud avait préparé le repas, Dents de Fer venait lui proposer de manger avec eux, suggérant que manger chaud valait mieux que se nourrir de conserves et de biscuits, mais Jiang Jinfa répondait à travers la porte qu'il souffrait d'un excès de lipides dans le sang et que c'était pour lui l'occasion de maigrir, et il refusait de se joindre à eux. Désœuvré, Dents de Fer jouait aux échecs militaires avec Noiraud pour combattre l'ennui. Noiraud ne se gênait pas pour prendre le général de son adversaire avec son capitaine et il faisait sauter sa propre mine terrestre avec son maréchal, ce qui avait le don de le mettre en joie. A l'approche de l'heure du repas, il allumait sa pipe qu'il allait fumer un moment dans la cour, il tendait le cou en direction du temple de la Déesse, et lorsqu'il voyait la fumée flotter de l'autre côté de la colline, il se disait, rassuré : « Ah ! Les nonnes prennent leur frugal repas ! » et, tout rêveur, il tirait quelques bouffées de sa pipe.

Le matin du quatrième jour, une voiture de police vint annoncer la fin de la quarantaine.

Wacheng n'avait jamais suscité de légende locale, mais cette incroyable grippe aviaire devint le centre de toutes les conversations, avec diverses versions circulant de bouche à oreille. Les oiseaux migrateurs en étaient les héros.

Le malade diagnostiqué à tort comme premier patient atteint de grippe aviaire était le vieux monsieur Qiu, père de Qiu Deming, directeur de l'Office des forêts. Après avoir mangé les deux canards offerts par Dents de Fer, il s'était mis à tousser sans arrêt, anormalement oppressé, avec une forte et tenace fièvre, et il était tombé dans un état semi-comateux. Sa famille l'avait transporté d'urgence à l'hôpital ; les médecins l'avaient soumis à un examen complet, ils avaient trouvé du sang dans ses expectorations et une grave atteinte pulmonaire. Le laboratoire d'analyse de ce petit hôpital n'était pas équipé pour détecter la grippe aviaire. Néanmoins, se basant sur la baisse vertigineuse des globules blancs par rapport à ses analyses habituelles, la fièvre persistant au-dessus de trente-neuf degrés et le fait rapporté par ses proches qu'il était allé dans un endroit où avaient été tués des canards, (bien entendu, la famille s'était gardée de préciser lequel), l'hôpital avait diagnostiqué une grippe aviaire. On l'avait aussitôt placé à l'isolement pour le soigner et on avait mis en place un confinement pour surveiller ses cas contacts. C'est pourquoi Qiu Deming était absent de son bureau à l'Office des forêts. En même temps, l'hôpital avait fait des prélèvements de sang, de crachats et de mucus nasal qui avaient été envoyés par porteur spécial à l'hôpital général, à plus de deux cents kilomètres de Wacheng, pour demander une recherche de virus.

Monsieur Qiu était atteint de grippe aviaire : la nouvelle de l'isolement et de la mise en observation de toute sa famille fit l'effet d'une bombe dans l'ambiance printanière de Wacheng. Ceux qui avaient mangé clandestinement du canard sauvage se sentirent menacés. Naturellement, ils n'osèrent pas révéler que ces canards leur avaient été apportés par Dents de Fer. La directrice adjointe Luo Mei emmena sa mère Zhou Ruqin en consultation à l'hôpital en prétendant que celle-ci était allée voir son frère à la réserve la semaine précédente et avait été en contact avec des oiseaux migrateurs. Le plus étonnant, c'est que Zhou Ruqin se mit à tousser, avec de petites poussées de fièvre, et que Luo Mei eut une extinction de voix. Puis ce fut Zhuang Rulai, le patron du restaurant *Futai*, qui fut transporté à l'hôpital sur une civière. Il raconta que quelqu'un lui avait vendu un canard sauvage et qu'après en avoir mangé, il avait eu un malaise et des maux de tête. Il se sentait brûlant bien que sa température fût normale, avait des courbatures, la vue trouble, et n'avait plus la force de marcher.

Zhuang Rulai faisait partie des personnalités fortunées de Wacheng. Outre son restaurant, il possédait un music-hall et un abattoir. Il était à tu et à toi avec le commissaire de police de la ville, et personne n'aurait osé venir enquêter sur le trafic de drogue et la prostitution qui prospéraient dans sa salle de spectacle. Il possédait des propriétés dans l'île de Hainan, à Qionghai et Dongfang. Il entretenait ouvertement une « petite femme » qui vivait en bonne intelligence avec sa femme légitime. Lors de ses voyages à l'étranger, il les emmenait sans faute toutes les deux. Quand il était ivre, il se vantait de l'harmonie qui régnait entre elles. Il était friand de gibier rare, mangeait souvent du chevreuil, du sanglier, du cerf et du lièvre ; il avait même eu l'occasion de goûter de l'ours, du lynx et du loup. On disait que juste après le dégel, le canard sauvage était un mets de roi ; c'est ainsi que, chaque année, au printemps et en été, quand les canards revenaient de leur migration, Dents de Fer lui en apportait. Bien entendu, Zhuang Rulai les payait, officiellement il était question de libéralités mais en réalité, il les achetait bel et bien. C'était évident pour Dents de Fer lui-même, mais, sans l'avouer, il disait qu'il les lui offrait en ami, pour lui faire goûter de la viande fraîche. Zhuang Rulai était grand amateur de viande, toute la ville le savait ; le bruit courait qu'il était capable de faire un repas de cinquante brochettes de mouton, vingt brochettes de poulet et dix brochettes de rognons. Quand il mangeait des pieds de porc, il lui en fallait dix à la fois. Il n'aimait ni les légumes ni les fruits. Pour sa santé, ses deux épouses avaient acquis un grand savoir-faire dans la fricassée de légumes et la confection de jus de fruits dont elles le nourrissaient comme un enfant. Il mesurait un mètre soixante-douze et pesait quatre-vingt-dix kilos, il souffrait d'hypertension et de troubles cardiaques. Il demanda à être examiné et mis à l'isolement, car si jamais il tombait malade chez lui, il serait trop tard pour le soigner.

Quand Lao Ge, le policier du poste de contrôle, apprit que maître Qiu, Zhou Ruqin et Zhuang Rulai avaient été hospitalisés l'un après l'autre et qu'on les suspectait d'être atteints de grippe aviaire, il s'affola. Il comprit qu'ils avaient tous les trois mangé des canards portés en ville par Dents de Fer. Lui-même avait été en contact avec les oiseaux lorsqu'il était monté dans la camionnette. En effet, il les avait pris en vidéo avec son téléphone portable dans l'intention de faire pression sur Dents de Fer pour qu'il intervienne auprès de sa nièce en faveur de sa fille. Si Dents de Fer refusait, il diffuserait le document sur Internet. Il ne se doutait pas que la situation changerait avant la réalisation de son plan. Lorsque les autorités décidèrent l'isolement temporaire de la réserve ornithologique et du temple de la Déesse, il crut la vie de leurs occupants menacée. Si Dents de Fer mourait, sa vidéo ne vaudrait plus rien. S'estimant poursuivi par la malchance, il n'osa pas aller travailler et prit un congé maladie. Par crainte d'avoir à dépenser de l'argent s'il était hospitalisé, il raconta tout à sa femme et se confina chez lui. Heureusement, sa fille était logée au jardin d'enfants, elle ne risquait pas d'être contaminée.

Lao Ge s'isola dans une pièce et sa femme dans une autre. Il avalait toutes sortes de remèdes traditionnels, racine d'indigo, comprimés de mûrier et chrysanthème, bézoard de bœuf contre l'infection, pilules régulatrices des viscères et capsules de houttuynia qui lui donnaient des haut-le-cœur, et il aurait bien pris sa température vingt fois par jour. Par WeChat, il apprit la mort de maître Qiu, puis celle de Zhuang Rulai. Leur mort lui donna à penser qu'il n'en réchapperait pas et il se prépara à rédiger son testament. A ce moment-là, il s'aperçut qu'il n'avait rien à léguer en ce monde, il n'avait aucun bien, rien que des tourments. Sa fille n'avait ni travail stable ni fiancé ; son fils n'avait pas encore terminé ses études supérieures, et à l'avenir, s'il restait en ville sans avoir les moyens de s'acheter un logement, comment s'en sortirait-il ? En revanche, sa femme était robuste, rarement malade ; à plus de cinquante ans, elle travaillait à l'heure à laver les vitres, perchée sur un escabeau, sans jamais avoir eu d'accident. Elle allait parfois faire le ménage chez des célibataires fortunés ; cela le rendait jaloux et il lui en faisait reproche. Avec son franc-parler, elle lui rétorquait : « Qu'est-ce que tu vas t'imaginer ? J'ai les mains rugueuses comme une lime, une vilaine peau, alors que les rues sont pleines de ravissantes jeunes filles. Qui songerait à prendre du bon temps avec une demi-vieille comme moi ? » Lao Ge s'obstinait : « A ton âge, tu as encore une fière poitrine, comment veux-tu que je ne m'inquiète pas ? Un type plein aux as qui est las de coucher avec des filles ravissantes, comme s'il était dégoûté de manger des pêches et qu'il avait envie de goûter à autre chose, de croquer une tige de canne à sucre, ça n'a rien d'impossible ! »

Lao Ge se mit à songer que si jamais il mourait, sa femme pourrait sûrement se trouver un homme acceptable grâce à sa gentillesse, son endurance et ses attraits physiques. A cette pensée, il se dit qu'il ne pouvait pas mourir et la laisser appartenir à un autre. Ce qui le déstabilisait, c'est que, lorsqu'il lui avait parlé de l'éventualité de sa mort, elle n'avait ni pleuré ni manifesté d'inquiétude, si bien qu'il avait des doutes sur sa fidélité. Malgré cela, quand il lui demandait d'acheter tel ou tel remède, elle courait aussitôt à la pharmacie.

Tandis que Lao Ge oscillait amèrement sur le fil d'une mort imaginaire, l'alerte à la grippe aviaire fut levée. Comme une plante accablée par le givre, il se sentit épuisé, s'écroula sur son lit et s'abîma dans un profond sommeil. A son réveil, il se précipita à la cuisine où sa femme lui avait préparé une fournée de raviolis à la ciboule. Quand il les eut mangés, accompagnés d'alcool tiédi, il éclata en sanglots.

« Pourquoi pleures-tu ? lui demanda-t-elle.

— Quand j'ai voulu rédiger mon testament, j'ai découvert que je n'avais rien à léguer en ce monde. En tant qu'homme, je ne vaux rien et ça me rend malheureux. Dis-moi, quand je t'ai raconté ce que j'avais fait, pourquoi ne t'es-tu pas inquiétée pour ma vie ? Est-ce que tu souhaites ma mort ?

— Dents de Fer a commis une mauvaise action, répondit-elle froidement, mais la photo que tu as prise en cachette, c'en est une autre. Notre fille ne doit pas compter là-dessus pour trouver un travail, elle serait mal jugée. Quand on a mal agi, on ne mérite pas d'être regretté si l'on meurt. »

Ces paroles donnèrent la chair de poule à Lao Ge. Il aurait voulu contester les arguments de sa femme, mais il était sans fortune et sans une ombre de pouvoir en ce monde. Il avait beau appartenir en apparence à la même couche sociale que Dents de Fer, en réalité il n'en était rien. Sa bassesse n'était pas de la même nature que celle de Dents de Fer. Chez ce dernier, elle était ancrée jusqu'à la moelle, tandis que lui y était contraint par les circonstances. Pour lui qui avait un sens aigu de la valeur de la vie, vivre était l'essentiel, cela ne se discutait pas.

Inconsciemment, il se rangea parmi les habitants de Wacheng qui vantaient les mérites des oiseaux migrateurs.

A la suite de la suspicion de grippe aviaire du vieux monsieur Qiu, son fils Qiu Deming s'était concerté en secret avec Luo Mei ; convaincus que le mal venait des canards apportés par Dents de Fer et redoutant que la maladie se propage, devienne incontrôlable et qu'ils en portent la responsabilité, ils avaient décidé de mettre en quarantaine la réserve et le temple de la Déesse ; ils avaient envoyé là-bas une équipe de désinfection et déclenché une alerte sanitaire de niveau 4. Ils ne se doutaient pas que les analyses des prélèvements faits sur monsieur Qiu et envoyés au chef-lieu ne détecteraient aucun virus de grippe aviaire. Pourtant, la maladie du vieil homme s'aggrava et il entra dans un profond coma qui ne laissait aucun espoir. Quant à Zhuang Rulai, son hémorragie cérébrale était trop grave pour qu'on puisse le sauver. Monsieur Qiu mourut d'une congestion pulmonaire aiguë doublée d'une usure de tous les organes, et Zhuang Rulai d'une hémorragie cérébrale sans aucun rapport avec les oiseaux migrateurs. L'alerte fut donc rapidement levée. Zhou Ruqin quitta l'hôpital et Qiu Deming régla discrètement les obsèques de son père.

Grâce au pouvoir de son fils, monsieur Qiu avait migré au rythme des oiseaux migrateurs pendant des années et vécu dans le luxe ; Zhuang Rulai et sa famille étaient millionnaires, il faisait la pluie et le beau temps à Wacheng et ignorait les soucis. La mort de ces deux personnages fut une source de satisfaction voilée pour les petites gens de la ville, surtout pour ceux qui ne partaient pas en hiver. Les deux hommes avaient été tués par les oiseaux, ils avaient bien eu la grippe aviaire, ils en étaient convaincus.

On ne sait trop à partir de quand, dans cette ville aux hivers interminables, les différences entre les diverses couches de la société avaient connu des changements discrets. En plus de la démarcation classique entre fonctionnaires et gens du peuple, riches et pauvres, s'en ajouta une troisième entre migrateurs et sédentaires. Wacheng avait toujours été une grande rivière aux flots paisibles, mais à présent, au passage de l'automne à l'hiver, son cours se divisait en deux bras distincts, limpide pour l'un et trouble pour l'autre, lumineux pour l'un et sombre pour l'autre. Les migrateurs s'en allaient les uns après les autres passer l'hiver dans le Sud. Les vagues de froid et les tempêtes de neige ne frappaient que les sédentaires. On dit toujours que le croassement des corbeaux est un mauvais présage, aussi ces messagers vêtus de noir ne sont-ils pas aimés. Néanmoins, lorsque les oiseaux chanteurs à la brillante livrée s'envolent vers le sud à l'automne, les corbeaux montent la garde au nord sans manifester le désir de partir. Les habitants sédentaires s'étant rendu compte que les corbeaux restaient sur place, ils se prirent d'une grande affection pour eux. Les corbeaux ne les craignaient pas, et quand ils ne trouvaient plus rien à manger l'hiver, ils venaient fréquemment chercher leur pitance sur les tas d'ordures des quartiers habités. Alors on lançait avec bienveillance à leur intention des détritus délectables, miettes de pain, déchets de viande, arêtes de poisson ou grains de maïs. Les habitants sédentaires avaient ainsi créé des liens étroits avec les corbeaux, et ces dernières années, leur nombre s'étant accru, ils volaient en troupes dans le ciel de Wacheng. L'hiver, ils fréquentaient les tas d'ordures des quartiers d'habitation, et l'été, ils recherchaient les étals des rôtisseurs en plein air : lorsque le flot des clients rassasiés s'était dispersé, ils trouvaient un bon souper sous les lumières clairsemées.

Quand les migrateurs revenaient en villégiature au printemps et en été pour s'abriter de la chaleur, ils se plaignaient de la quantité de corbeaux qui tournoyaient autour de la ville, et les sédentaires répliquaient ironiquement : « Eh bien, que vous ont-ils fait, les corbeaux ? Eux, ils ne préfèrent pas les riches, ne méprisent pas les pauvres, ils vivent dans le nid où ils sont nés. Les oiseaux qui ne changent pas de nid sont de bons oiseaux. »

Voilà pourquoi les autochtones n'aimaient pas les oiseaux migrateurs, ils les considéraient comme une bande d'énergumènes cherchant un bonheur facile et se laissant séduire par les beaux paysages des contrées chaudes, ils étaient la classe riche des oiseaux. Cependant, la mort du vieux monsieur Qiu et de Zhuang Rulai amena les habitants à aimer, pour leur beau plumage et leur chant mélodieux, les oiseaux qui venaient passer l'été et qui, racontait-on, avaient causé la mort des deux hommes en apportant le virus. Pourquoi s'étaient-ils attaqués à ceux-là en particulier ? C'étaient sans aucun doute des justiciers.

Cette légende sur les oiseaux migrateurs était diffusée par nombre de commerçants du marché de l'Est et de petits marchands de la rue de la Paix : cuisiniers au wok, coiffeurs, cordonniers, vendeurs d'huile, fabricants de fleurs en papier, vendeurs de beignets torsadés et confectionneurs de couettes, ainsi qu'un malade habitant une petite maison délabrée du faubourg, des vagabonds et tous ceux qui nourrissaient des griefs envers les riches. Dans le tumulte du marché, dans les ruelles sordides, on les apercevait par groupes de deux ou trois en train de colporter discrètement l'histoire touchante des oiseaux migrateurs redresseurs de torts. Dans leurs récits, il s'agissait tantôt de cigognes, tantôt de canards, tantôt de cygnes. Mais c'étaient toujours de brillants messagers des esprits, leurs ailes secouraient les pauvres et les opprimés ; ils étaient les étendards de la justice. Ils sacrifiaient leur propre vie, usant de la maladie comme d'une épée pour crever l'abcès du mal parmi les hommes ; ils s'attaquaient aux injustices.

Leurs défenseurs célébraient le plumage des oiseaux migrateurs, robe de bon augure, cousue de ses mains par la déesse de la Lune ; ils célébraient leurs griffes acérées, fleurs rares cultivées par le dieu du Soleil ; ils célébraient leur ramage, chants merveilleux offerts par le dieu du Vent ; ils célébraient même leurs fientes, friandises jetées par le Ciel aux humains. Autrefois, ils considéraient la vie humaine comme un entrelacs de froid et de chaud, alors que les oiseaux migrateurs craignaient autant la chaleur que le froid ; ils partaient l'hiver pour échapper au froid et revenaient passer le printemps et l'été pour éviter la chaleur ; au fond, c'étaient des poltrons. Mais à présent, au contraire, on ne tarissait pas d'éloges sur le courage des oiseaux migrateurs.

Quoi qu'il en soit, perdre la vie est toujours source de chagrin pour les humains, même quand le mort a commis de nombreux méfaits. La satisfaction manifestée par les habitants de Wacheng à l'occasion de la mort de monsieur Qiu et de Zhuang Rulai provoqua la frayeur des migrateurs humains. Ils voyaient bien qu'on ne leur lançait plus des regards d'envie mais de mépris durant leurs promenades en ville. Quand ils faisaient des achats, les petits commerçants augmentaient les prix, et s'ils tentaient de marchander, le vendeur ironisait : « Si vous gardez votre argent, arriverez-vous à le dépenser ? Ne faites pas comme monsieur Qiu et Zhuang Rulai ! Quand on est mort, même avec un monceau d'argent, impossible de le dépenser nulle part ! »

Alors que la légende des oiseaux migrateurs prenait de l'ampleur, la femme et la concubine de Zhuang Rulai, qui s'entendaient bien de son vivant, se disputaient l'héritage, et ce conflit alimentait toutes les conversations. Elles s'accusaient mutuellement, la femme légitime disant qu'elle devait selon le droit recevoir, avec ses enfants, la totalité de l'héritage, et la concubine déclarant que, bien qu'elle ne pût en fournir la preuve, elle avait donné à Zhuang Rulai un fils illégitime aujourd'hui âgé de huit ans, élevé par sa propre mère, et elle réclamait des analyses médicales pour prouver la parenté de son fils et revendiquait la moitié de l'héritage. Cette farce passionnait plus que les séries télévisées. On racontait que Zhuang Rulai avait eu tort de modifier son prénom. Il s'appelait d'abord Laishun, c'est-à-dire Bienvenu, mais trouvant ce prénom trop campagnard, il l'avait remplacé par Rulai, Ainsi Venu, nom donné au Bouddha. Qui, parmi les nonnes du temple de la Déesse, aurait osé adopter le nom de Guanyin, la déesse de la Miséricorde ? Il fallait à Zhuang Rulai une folle audace pour prendre ce nom, et son minable destin n'avait pu l'assumer, il en était mort. Dans une des versions de la légende des oiseaux migrateurs, un canard sauvage s'était métamorphosé en une femme d'une merveilleuse beauté, apparue au pied du lit de Zhuang Rulai en pleine nuit ; elle aurait passé trois jours et trois nuits avec lui, épuisant toute sa force vitale. Cette version était surtout transmise par les femmes. Les hommes en préféraient une autre, selon laquelle un cygne lui avait apporté un alcool venu de la Voie lactée ; il s'en était enivré et il était mort d'en avoir trop bu.

11

Lao Ge ne tint pas compte des conseils de sa femme, et lorsque la menace de grippe aviaire fut écartée, un jour où Dents de Fer passait au poste de contrôle, il évoqua une information importante à lui communiquer et lui donna rendez-vous au restaurant de raviolis *A votre goût* pour déjeuner.

Dents de Fer n'était pas tranquille, car à son retour en ville, Jiang Jinfa avait déclaré que la présence d'un oiseau rare comme la cigogne blanche sur la rivière Jinweng montrait que la réserve ornithologique était une réussite et qu'il convenait donc de la doter d'un spécialiste pour renforcer ses structures. De peur que l'idée ne parvienne aux oreilles de Luo Mei, directrice adjointe de l'Office des forêts et qu'elle ne lui mette des bâtons dans les roues, il avait été assez habile pour s'y rendre personnellement afin d'obtenir un accord. Par chance, l'Office des forêts collaborait avec une université pour la réalisation d'une étude sur les oiseaux migrateurs du Nord-Est, aussi fut-il facile de créer une

« antenne de recherche sur les oiseaux migrateurs de la Jinweng » gérée directement par l'Office, avec affectation d'une ligne budgétaire. En collaboration avec l'Office, l'université envoya un doctorant fraîchement recruté pour entamer le travail séance tenante.

Toutes ces initiatives de Jiang Jinfa venaient naturellement de la promesse qu'il s'était faite secrètement, malgré les difficultés encourues. Il estimait que puisqu'il avait échappé à la mort, il ne serait pas en paix tant qu'il n'aurait pas tenu sa promesse.

C'est un jeune homme de vingt-six ans nommé Shi Bingde qui vint mettre sur pied l'antenne de recherche sur les oiseaux migrateurs. Il logeait dans le chalet, dans la chambre occupée par Jiang Jinfa pendant la période de quarantaine. Le jeune chercheur s'attela aussitôt à l'étude du mode de vie des oiseaux migrateurs en consignant toutes ses observations. A sa demande, Jiang Jinfa fit livrer des matériaux et on construisit sur le flanc ouest du chalet un bâtiment léger d'une centaine de mètres carrés pour servir de base à l'antenne de recherche. Shi Bingde s'occupait des oiseaux blessés ainsi que des œufs abandonnés qui n'avaient pas été couvés. Le local était équipé d'un petit groupe électrogène, d'une couveuse, de remèdes pour soigner les maladies et de matériel médical permettant d'opérer les oiseaux blessés.

Shi Bingde était un grand gaillard au teint bronzé, visage carré et nez droit surmonté de lunettes de myope à monture couleur d'ambre jaune ; il semblait plein de compétences. Avenant et efficace, il était toujours prêt à prendre part aux diverses tâches, il savait tout faire, allumer le feu, faire la cuisine et la vaisselle, balayer. Malgré toutes ses qualités, il déplaisait à Dents de Fer qui le regardait d'un sale œil.

Quand Dents de Fer était d'humeur sombre, quiconque l'invitait à boire était le bienvenu pour l'aider à dissiper sa tristesse. Après tout, s'il était trop ivre pour rentrer coucher à la réserve, il ne s'inquiétait pas puisque le jeune homme se trouvait là-bas. Aussi, quand Lao Ge lui donna rendez-vous, bien qu'il vît clair dans son jeu, il accepta volontiers.

Le restaurant *A votre goût* proposait toutes sortes de raviolis ainsi que des légumes salés. Ses spécialités étaient les raviolis à la viande d'âne et ceux aux légumes salés. La petite salle, de cinquante mètres carrés environ, n'était pas séparée de la cuisine, de sorte que les clients assis qui attendaient d'être servis voyaient le cuisinier s'activer sur son plan de travail. La plupart d'entre eux aimaient les raviolis bien dodus, et quand ils voyaient le cuisinier rationner la farce, ils lui criaient : « Mets-en davantage ! » Certains allaient jusqu'à plaisanter : « Un ravioli trop maigre, c'est comme le sein flasque d'une vieille femme, ça ne fait pas envie. » Si à ce moment-là, il y avait une cliente dans le restaurant, elle pouvait répliquer avec ironie : « Quand ton outil sera vieux, il aura l'air d'une aubergine flétrie ! » Il courait toutes sortes de plaisanteries de ce genre au sujet du restaurant. Ces dernières années, le prix de la viande d'âne n'avait pas cessé de monter et le patron avait été obligé d'augmenter ses prix pour continuer à servir des raviolis aussi généreux. Après l'augmentation, les affaires diminuèrent pendant un temps, mais reprirent bientôt. Les clients ne pouvaient pas résister à leur estomac, ils connaissaient la qualité de ce qu'on leur servait ; ils acceptèrent finalement de dépenser un peu plus, si bien que le restaurant ne désemplissait pas.

Quand on a un service à demander à quelqu'un, il faut arriver le premier, d'autant plus qu'avec le retour des migrateurs, les clients étaient nombreux à se presser dans l'établissement ; on ne pouvait guère réserver une table, aussi Lao Ge, dès sa sortie du travail, enfourcha-t-il son vélo pour arriver de bonne heure. Heureusement, il restait deux tables de libres, dont la petite pour deux qu'il choisit, proche de la cuisine, car elle était constamment entourée de vapeur, et cette ambiance de brouillard convenait parfaitement à son projet de chantage. Il commanda un demi-clayon de raviolis à la viande d'âne et un autre de raviolis aux légumes salés, une assiette de cacahuètes et une autre de tripes marinées. Comme boisson, un bon alcool de grain local.

Quand Dents de Fer arriva, la patronne s'avança, tout sourire, pour l'accueillir : « Voici longtemps que nous n'avons pas eu l'honneur de votre visite, vous êtes un homme très occupé. Que voulez-vous manger aujourd'hui ? Je dirai au chef de ne pas lésiner sur la farce. » Il montra Lao Ge : « Aujourd'hui c'est lui qui régale, c'est à lui de décider, je mangerai ce qu'il aura choisi. » La patronne lança un coup d'œil à Lao Ge : « Quand vous êtes arrivé, vous ne nous avez pas dit que vous invitiez le chef Zhou ! » Sa remarque ne fit pas plaisir à Lao Ge. Lui aussi était un habitué du restaurant, mais à son arrivée, la patronne l'avait juste salué, sans lui faire bon accueil. Il songea qu'en ce monde, on vous traite d'après le pouvoir que vous possédez, et il sentit encore plus que ce qu'il s'apprêtait à faire aujourd'hui n'avait rien de condamnable.

Dents de Fer connaissait beaucoup de monde, et tout en saluant ses connaissances, il s'assit en face de Lao Ge. Dès qu'il fut installé, la patronne apporta une théière et dit à un serveur de leur offrir des hors-d'œuvre, tête d'oie et œufs de caille. Dans son sac, Dents de Fer apportait la veste qu'il avait achetée pour Lao Ge et une bouteille de Beidacang, l'alcool de grain réputé du Heilongjiang. Il sortit d'abord la bouteille, l'ouvrit, puis tendit la veste à Lao Ge : « En me promenant en ville, dit-il, j'ai remarqué cette veste, commode et pas trop chère, et je l'ai achetée pour toi. » Lao Ge le remercia en souriant : « Quelle chance que le chef Zhou se soucie de me protéger du froid ! »

Comme Dents de Fer avait apporté de l'alcool, Lao Ge fit reprendre sans façon celui qu'il avait commandé. Les raviolis et les plats arrivèrent les uns après les autres, et les deux hommes se mirent à trinquer et à manger ; la boisson leur donna des couleurs, leur bouche était luisante de graisse. Dans la cuisine, les paniers de cuisson s'activaient, la vapeur s'élevait en tourbillonnant. Les cuisiniers bavardaient allègrement tout en s'affairant à leur tâche, les clients discutaient et riaient en se régalant de ces mets savoureux. Dans la cuisine comme dans la salle, l'ambiance était chaleureuse. Pour pouvoir converser, Lao Ge et Dents de Fer devaient élever la voix.

Pour orienter la conversation vers la vidéo qu'il avait prise furtivement, Lao Ge se mit à broder sur la légende des oiseaux migrateurs : « Une oie sauvage, réincarnation d'un héros mort sur le champ de bataille, revint dans le Nord. Elle haïssait les individus cupides qui s'enrichissaient sans travailler, et lorsqu'elle arriva au printemps dans les vastes terres du Nord, elle fixa un arc à l'une de ses ailes et une flèche à l'autre ; arrivée à Wacheng, elle transperça un homme, objet de la colère de la population, avant de repartir à tire d'aile. »

Dents de Fer avala une gorgée d'alcool, puis il tapa sur la table et, gardant une expression cordiale : « Lao Ge, nous sommes ici pour boire un coup, si tu te mets à raconter les mêmes bêtises que les autres, ne t'étonne pas que j'envoie promener la table ! Je vais te dire la vérité, les morts de Monsieur Qiu et de Zhuang Rulai n'ont rien à voir avec les oiseaux migrateurs. A un âge avancé, monsieur Qiu allait chaque année passer l'hiver à Hainan, il n'était plus adapté au climat de Wacheng. Il s'est senti mal dès son retour, mais il ne s'en est pas inquiété. S'il était allé à l'hôpital sans attendre, on l'aurait sauvé, mais il est mort de pneumonie avec complications intestinales, tu comprends ? Un rhume peut faire mourir, surtout à près de soixante-dix ans. Quant à Zhuang Rulai, tout le monde le connaissait comme un gros mangeur de viande atteint d'hypertension chronique. Avec deux femmes à honorer et bien des soucis dans ses affaires, comment aurait-il pu être en bonne forme ? Un homme comme lui, redoutant d'avoir attrapé la grippe aviaire, insomniaque, et en plus mal soigné, c'est normal qu'il ait fait une hémorragie cérébrale. Sans parler d'autres lieux, la morgue des deux hôpitaux de Wacheng n'est jamais vide. Il y a des morts chaque mois, chaque semaine ; depuis la construction du crématorium, on peut vraiment dire qu'il a l'activité débordante de la jeunesse ; une femme arrivée à un certain âge n'a plus de règles, mais as-tu vu la cheminée du funérarium cesser de fumer ? Jamais il ne s'arrêtera ! Pourquoi donc la mort de ces deux hommes étonne-t-elle tellement les gens ? Ce sont des humains comme les autres, ils ne font pas exception à la règle, vous n'avez donc rien d'autre comme exutoire à votre colère ? Lao Ge, écoute mon conseil, fais une bonne action, ne suis pas le flot de ceux qui disent du mal des morts en accusant des oiseaux. » Ces paroles enflammées, ponctuées de grands gestes, attirèrent l'attention des cuisiniers qui les épiaient discrètement.

Lao Ge se sentit pris comme un voleur ; tout gêné, il rougit et joignit les mains en manière d'excuse : « J'ai entendu ces rumeurs, je tenais à t'en informer. Je pensais que, puisque tu t'occupes des oiseaux, cela te ferait plaisir d'entendre dire du bien d'eux.

— Ne te figure pas que tous les oiseaux sont bons, les violents écrasent les doux, les gros écrasent les petits, ils se bagarrent pour un petit poisson, je l'ai souvent observé. » Il s'écria alors : « Buvons, buvons, ne parlons pas de ces bêtises ! »

Pour se donner du courage, Lao Ge vida son verre deux fois coup sur coup, puis sortit son portable. Etait-ce l'effet de cette fichue agitation ou parce qu'il avait trop bu, mais sa main tremblait si fort qu'il eut bien du mal à retrouver la vidéo ; il tendit son portable à Dents de Fer : « Regarde ça... »

Dents de Fer porta un ravioli à sa bouche, posa ses baguettes et prit le portable. Tout en mâchant son ravioli les joues gonflées, il plissa les yeux pour regarder la vidéo. Il avala tranquillement sa bouchée en regardant la séquence jusqu'au bout, puis il rendit le portable à Lao Ge en ricanant : « Vraiment, tu as de l'avenir, comment se fait-il que la section criminelle de la Sécurité publique n'ait pas détecté tes talents ? C'est ça que tu devrais faire, veux-tu que je te recommande ?

— Mais non, voyons... Ecoute...

— Sois tranquille, je ne vais pas te demander de l'effacer. Ce truc-là, je sais bien que si tu l'effaces, tu en as une copie ailleurs. Alors dis-moi, pourquoi as-tu fait ça ? » Dents de Fer remplit son verre et avala l'alcool d'un trait.

« Frère Zhou, chef Zhou, j'ai mal agi, c'est bas, je le sais bien, j'ai vraiment honte. Ecoute, en sortant d'ici, tu peux me flanquer une raclée, je te promets de ne pas me défendre à condition que tu ne me rendes pas infirme. » Joignant les mains en signe de contrition : « J'en suis arrivé à cet infâme procédé contraint par la nécessité. Tu connais la situation de ma fille, revenue à Wacheng avec son diplôme de l'université mais toujours sans travail, elle ne peut même pas envisager de se trouver un fiancé. Ma femme et moi, nous sommes de petites gens, à qui pourrions-nous nous adresser ? Alors j'ai pensé à toi. Ce jour-là, c'était par hasard, je craignais que Xiao Liu ne monte inspecter la camionnette ; si jamais il t'avait causé des ennuis, tu aurais été dans le pétrin. Quand je suis monté à l'arrière, je ne m'attendais pas à ce que tu transportes des canards sauvages en ville. Juste par habitude, machinalement, j'ai fait une vidéo pour conserver une preuve. Je suis un misérable ! » Et tout en parlant, il s'administra une gifle retentissante. Même la patronne l'entendit et, levant la tête, elle les regarda d'un œil soupçonneux.

Dents de Fer vida son verre et enfourna un autre ravioli qu'il savoura lentement avant de l'avaler. Quand il eut fini, il dit sèchement : « Heureusement que tu as pris cette vidéo qui prouve que je fais mon travail sérieusement. Je viens de te le dire, tous les oiseaux ne sont pas pacifiques. Les canards revenus cette année, au moment des pariades, ils sont tout excités ! Quelle que soit l'espèce, ils se battent pour les nids, pour la nourriture, pour obtenir les faveurs d'un congénère. Tantôt ce sont deux mâles qui se battent, tantôt deux femelles, tantôt un mâle de telle race recherche une femelle d'une autre race, c'est la guerre dans le monde des canards, une vraie pagaille ! De crainte qu'ils ne s'entretuent, j'emportais en ville quatre des plus vindicatifs, pour les faire examiner par le vétérinaire et lui demander conseil. Pour qu'ils ne se blessent pas en cours de route, je leur avais fermé le bec avec du chatterton, et j'avais l'intention, quand ils auraient été soignés, de les remettre dans la nature.

— Mais ce jour-là, tu as dit que la camionnette était vide… lui rappela Lao Ge.

— Après avoir contrôlé, toi non plus, tu n'as pas dit qu'il y avait quelque chose dans la camionnette, rétorqua Dents de Fer d'un ton menaçant. Si vraiment il y avait quelque chose de suspect et que tu m'as laissé passer, alors tu as commis une faute professionnelle, tu risques ton poste, tu peux perdre ton travail d'un jour à l'autre. Quant à ta vidéo, tu n'as même pas enregistré mon numéro minéralogique, et même si les enregistrements portent la date, au poste de contrôle, vous n'avez pas installé de caméra, qui peut prouver que c'est bien ma voiture qui est passée à ce moment-là ? Sacré cochon ! Avant de faire chanter quelqu'un, tu devrais y réfléchir à deux fois. » Emporté par la colère, Dents de Fer élevait de plus en plus la voix.

Lao Ge était si effrayé qu'il transpirait à grosses gouttes, il se hâta de lui verser de l'alcool, tout en se confondant en excuses : « J'étais possédé du démon, un homme important comme toi ne se formalise pas des fautes d'un homme de peu, pardonne-moi !

— Si tu me demandes de l'aide à cause de tes difficultés familiales, soupira Dents de Fer, et si je peux t'aider, je le ferai. En ce monde, qui ne connaît pas de difficultés ? Mais si tu veux me piéger, si tu n'es rien d'autre qu'un pauvre diable qui veut me passer la corde au cou pour m'étrangler, vraiment, quelle putain de saloperie ! Je ne suis pas homme à accepter cela ! »

Cette volée d'insultes mit Lao Ge au bord des larmes, et ils se quittèrent fâchés.

Après ces paroles très dures envers Lao Ge, quand il quitta le restaurant, Dents de Fer se sentait mal à l'aise et abattu, tout en sueur et sans force. Dans le calme de la nuit, il s'adossa, épuisé, au tronc d'un orme entre deux réverbères, et, le visage caché par les branches dénudées, il fuma plusieurs cigarettes à la suite. Quand il eut retrouvé le contrôle de lui-même, il se rendit chez sa nièce pour lui exposer le problème.

Il n'y avait pas eu de grippe aviaire, mais l'agitation que cela avait provoquée, surtout les commentaires et les éloges contenus dans les histoires d'oiseaux migrateurs, firent que Zhou Ruqin et sa fille accueillirent Dents de Fer plutôt fraîchement, comme si elles étaient tout à coup en présence de l'origine du délit. Cela redoubla son sentiment d'amertume. Quand sa nièce apprit que Lao Ge avait fait une vidéo des canards qu'il apportait en ville, elle lui reprocha avec véhémence sa négligence, et la violence de sa colère contre Lao Ge au restaurant. Ce dernier n'avait pas atteint son but mais, blessé dans son amour-propre, il risquait, pour se défouler, de divulguer la vidéo sur Internet ; à regarder les choses de près, elle aussi risquait des ennuis. Il aurait mieux valu acquiescer à sa demande ; de toute façon, au deuxième semestre, certaines unités allaient organiser des entretiens d'embauche mais on pouvait aussi choisir quelqu'un en interne, il ne serait pas difficile de dégager un poste pour la fille de Lao Ge. Mais attention, seul Lao Ge devait être au courant ; il ne devrait en parler ni à sa femme ni à sa fille. Pas question de le prévenir par téléphone et de risquer qu'il enregistre la communication. Dents de Fer devait aller le trouver au plus tôt. Songeant qu'il n'avait pas souvent l'occasion de voir sa nièce, Dents de Fer lui expliqua que l'antenne de recherche sur les oiseaux migrateurs était installée à côté d'eux et que cela entravait leur liberté. Pourrait-elle la déplacer ailleurs ? Prenant son ton de directrice adjointe, elle précisa : « Les soins aux oiseaux et l'antenne de recherche forment un tout, c'est parfaitement normal. D'ailleurs, c'est une décision des autorités supérieures, nous n'avons pas le pouvoir de nous en mêler. Il faut t'en arranger, on verra l'an prochain. »

Quand Dents de Fer s'en alla, sa sœur lui recommanda : « Dorénavant, ne bois pas jusqu'à t'enivrer ; en plus des conséquences sur ta santé, c'est mauvais pour ta réputation. Surtout, n'apporte plus de canards, on dirait qu'ils ont des pouvoirs, ça porte malheur d'en manger. Quand j'étais à l'hôpital, je me suis juré de ne plus jamais consommer de gibier. »

Malgré son mécontentement, Dents de Fer le lui promit. Aussitôt sorti, il téléphona à Lao Ge et lui dit qu'il avait quelque chose d'important à lui communiquer de vive voix. En sortant du restaurant, le pauvre Lao Ge, désemparé, était allé au marché de l'Est manger des brochettes et noyer sa déception dans la bière. Quand Dents de Fer le rejoignit, il le prit à part pour lui annoncer la bonne nouvelle. L'émotion de Lao Ge fut telle qu'il éclata en sanglots, assis sur ses talons. Lorsqu'il sécha ses larmes et se releva, il songea que tous les êtres vivants méritaient d'être traités avec bienveillance. Il acheta des brochettes qu'il alla éparpiller sous un peuplier proche de l'entrée du marché. Peu importait que ce soient les corbeaux ou les rats qui les mangent, cela lui ferait plaisir. Le drame qui s'était joué ce soir-là se terminait finalement en comédie, il fallait absolument fêter cela.

12

Au cœur du printemps, l'herbe était épaisse. Avec les pluies, la Jinweng avait grossi. Les oiseaux visibles étaient surtout des mâles. En effet, c'était la période de couvaison et les femelles étaient obsédées par l'idée de couver, comme si, pour elles, le temps s'était figé ; blotties dans leur nid, qu'il pleuve ou qu'il vente, elles montaient tendrement la garde.

Dans la montagne et au bord de la rivière, la nourriture était abondante et Noiraud n'avait plus besoin de distribuer autant de grain. Shi Bingde n'était pas partisan de leur donner trop à manger, sauf en cas de températures extrêmes, comme une neige printanière ou un feu de forêt, qui les empêcheraient de se nourrir convenablement dans la nature. Dans ce cas, ils avaient besoin d'aide, sinon, il valait mieux qu'ils cherchent eux-mêmes leur nourriture, cela les aidait à s'acclimater à leur environnement, et favorisait la reproduction des espèces et leur développement.

Shi Bingde prenait son travail à cœur : quand il trouvait dans la montagne des œufs abandonnés, il les rapportait délicatement et les plaçait dans la couveuse. L'appareil ressemblait à un mini-réfrigérateur fonctionnant à l'électricité, mais le bruyant petit groupe électrogène n'était pas assez puissant, il ne pouvait marcher longtemps. Shi Bingde avait eu l'idée de confectionner lui-même une couveuse avec une caisse en polystyrène expansé dans laquelle il avait inséré deux circuits de tuyaux souples semblables aux conduits de chauffage central des maisons, avec un trou à l'extérieur pour y verser de l'eau. Dans la journée, il mettait la couveuse dehors pour qu'elle chauffe au soleil, et le soir, il la rentrait dans le laboratoire et versait de l'eau chaude dans les tuyaux pour y maintenir une tiédeur favorable à la couvaison.

En plus de la surveillance de sa couveuse, il arpentait les monts et les bois pour étudier l'habitat de la faune sauvage et détruisait méthodiquement tous les filets et les collets interdits posés par les braconniers. Il s'était rendu aussi quatre fois au temple de la Déesse pour observer le nid de cigognes installé sur le toit du troisième sanctuaire. Il avait conquis les nonnes et, à chacune de ses visites, elles l'invitaient à partager leur repas végétarien. Il rapportait parfois à Noiraud et Dents de Fer des torsades frites par la nonne Yunguo et des aubergines cuisinées à la sauce de soja par la nonne Dexiu.

Quand Dents de Fer connut mieux Shi Bingde, il fut surpris par ses origines familiales. Son père et sa mère étaient professeurs d'université dans une grande ville ; ils enseignaient les sciences de la nature et avaient encouragé leur fils à venir travailler un certain temps dans cette région de montagne écartée. Il avait une petite amie qui faisait des études en Angleterre. Dents de Fer trouvait que les proches de Shi Bingde évoluaient dans les hautes sphères, lui seul s'était glissé au creux d'une vallée et avait choisi de vivre à la dure. Il lui demanda pour quelle raison. Le jeune homme répondit simplement : « La seule raison, c'est que, dans ma spécialité, il faut que je me familiarise avec la montagne pour enrichir mes connaissances livresques ; rien ne peut remplacer une pratique approfondie. La seule chose à laquelle je ne m'habitue pas, ce sont les difficultés pour communiquer, joindre mes parents et ma petite amie, et aussi pour avoir accès aux matériaux scientifiques. Je devrai attendre de retourner à Wacheng pour cela. » Dents de Fer saisit l'occasion pour lui suggérer : « En fait, tu n'es pas obligé de rester à demeure dans la réserve. Vous autres, les jeunes, vous n'êtes pas comme nous, comment supporteriez-vous une telle solitude ? Le chef de service Jiang t'a attribué une chambre à Wacheng, j'ai appris qu'elle était confortable, avec une connexion Internet et un coin cuisine. Tu pourrais séjourner en ville et venir une ou deux fois par semaine, ce serait tout aussi bien. » Shi Bingde sourit poliment : « Je ne dois manquer aucune occasion d'approcher les oiseaux, d'ailleurs, l'antenne de recherche vient d'être créée, il faut que je veille sur elle. »

Dents de Fer se contenta de pousser un long soupir en levant les yeux au ciel.

La venue de Shi Bingde apporta à la réserve une animation inattendue et fournit des sujets de conversation à Dents de Fer quand il retournait en ville.

Le jeune homme étudiait aussi l'intelligence des oiseaux. Par exemple, il installa trois cannes à pêche au bord de la Jinweng et observa à la jumelle les réactions des oiseaux à leur présence. Les canards passaient à côté sans manifester le moindre intérêt et sautaient par-dessus pour descendre dans l'eau. Ils savaient qu'ils n'avaient qu'à plonger, leur bec serait le meilleur des hameçons. Les petits passereaux s'amusaient à bousculer les cannes en passant, mais avec leurs faibles forces, ils ne pouvaient rien en faire, c'était juste un jeu et ils s'envolaient après s'en être amusés un moment. Les cigognes considéraient leur environnement nourricier avec prudence ; quand elles virent les cannes à pêche, elles les jaugèrent d'assez loin, et après avoir constaté qu'elles ne bougeaient pas, elles se posèrent dans la rivière à bonne distance.

Ce que les trois hommes n'auraient pas imaginé, c'était l'ingéniosité déployée par les corbeaux, oiseaux sédentaires, pour jouer avec les cannes. Un jour où Shi Bingde était en observation, trois corbeaux se posèrent sur la rive. Le plus gros des trois s'approcha prudemment d'une canne, comme un acrobate, il la saisit avec ses griffes, l'attira vers lui, l'examina, puis la rejeta, s'approcha de la deuxième qu'il inspecta également avant de passer à la troisième. Survint alors une scène étonnante : comme s'il avait trouvé un trésor, avec ses griffes et en s'aidant en même temps de son bec pointu, il traîna la canne vers la berge ; un autre corbeau vint à sa rescousse et ils unirent leurs forces pour tirer la canne sur la rive, avec un gros brochet accroché au bout du fil. Les trois corbeaux se partagèrent le poisson dans un certain ordre. Celui qui avait accompli l'exploit mangea le premier, ensuite, ce fut le tour de celui qui l'avait aidé à tirer la canne sur la berge, et quand il ne resta plus grand-chose, celui qui s'était contenté de regarder put profiter des restes. Lorsque Shi Bingde raconta la scène à Dents de Fer et à Noiraud, Dents de Fer déclara qu'à l'âge de cinq ans, il n'avait sûrement pas l'intelligence de ces corbeaux. Noiraud demanda, perplexe : « Pourquoi le corbeau a-t-il lâché les deux premières cannes après les avoir examinées ? Comment a-t-il su qu'il y avait un poisson au bout de la troisième ? » Dents de Fer se dit que l'intelligence des corbeaux était supérieure à celle de Noiraud, il y avait de quoi rire. Il en fit le récit partout où il allait, si bien que l'histoire des corbeaux tirant le poisson hors de l'eau se répandit dans tout Wacheng.

L'été approchait, les oisillons sortaient de leur coquille les uns après les autres et c'était au tour de leurs parents de s'affairer. En effet, en plus de se nourrir eux-mêmes, ils devaient emmagasiner le plus de réserves possibles pour leurs petits. Heureusement, ils trouvaient une nourriture abondante et facilement accessible, petits poissons et crevettes dans la rivière, insectes dodus, grenouilles et musaraignes dans la montagne. C'était l'époque la plus heureuse dans la vie des oiseaux. En revanche, ceux qui étaient nés en couveuse, les hommes avaient fort à faire pour les nourrir. Parmi les œufs de tailles et de couleurs différentes, finalement, seuls quatre étaient arrivés à terme : deux canards, une oie et un busard Saint-Martin. Pour voir si les canards accepteraient un petit non couvé par la mère, Shi Bingde en déposa un dans un nid où quatre oisillons réclamaient la becquée en piaillant. Quand les parents découvrirent l'intrus, ils se montrèrent hostiles, ne le nourrirent pas et l'éjectèrent du nid. Sans se décourager, Shi Bingde le déposa parmi les oisillons d'un autre nid, avec un résultat tout différent. Le canard né en couveuse était toujours le dernier nourri, mais les parents l'acceptèrent. Faute de trouver un nid pour l'autre petit canard, il était obligé de le nourrir en compagnie de l'oie et du busard. Noiraud lui apportait une aide efficace : il allait poser une nasse dans la rivière pour attraper poissons et crevettes vivants ; il repérait dans la forêt les toiles d'araignée où étaient accrochés des insectes paralysés ou en train de se débattre, et recherchait aussi les fourmilières ; tout cela fournissait une excellente pitance aux oiseaux. Bien nourris, ils grandirent vite, mais ils n'étaient pas encore aptes à prendre leur envol, leur domaine d'activité restait limité à la station de recherche.

Un matin après le petit déjeuner, Shi Bingde suggéra que chacun donne un nom à l'un des trois oiseaux nés en couveuse. « C'est bien simple, dit Dents de Fer, nous n'avons qu'à leur donner le nôtre, voilà tout. Nous ne volons pas, mais ainsi, notre prénom volera, quelle chance ! » Dents de Fer donna son nom à l'oie, Shi Bingde qui aimait le canard l'appela Bingde. Il restait le busard et Dents de Fer déclara qu'il fallait logiquement l'appeler Noiraud, mais ce dernier dit avec le plus grand sérieux qu'il fallait l'appeler Shusen. Shi Bingde, étonné, ne comprenait pas. « Pourquoi ne pas lui donner ton nom ? » Dents de Fer, lui, avait compris, car Zhang Shusen était le vrai nom de Noiraud, que l'on appelait par son sobriquet. Le prénom de Shusen avait disparu pendant des années, et voici que, de façon imprévue, il refaisait surface.

Un soir où le ciel était embrasé par les rayons du couchant, une visiteuse inattendue, la nonne Yunguo, se présenta au chalet, le *Sutra du diamant* sous le bras ; sur sa robe grise de nonne était épinglé un bouquet de campanules cueillies en chemin, qui formait un joli contraste avec ses sourcils arqués. Tout surpris de la voir, Dents de Fer demanda :

« Est-il arrivé quelque chose au temple de la Déesse ?

— Tout va bien au temple. J'ai appris qu'ici vous pouviez produire de l'électricité, et pour épargner l'huile de nos lampes, je viens vous demander un peu de lumière pour lire le sutra. »

Dents de Fer fit un clin d'œil à Shi Bingde : « Tu vois, l'électricité que tu as apportée, ce n'est pas rien, elle a même fait venir la révérende Yunguo, quelle chance tu as ! Si ce soir, c'est une nuit sans lune, il faudra que tu la reconduises au temple, on ne peut pas la laisser faire le trajet toute seule dans le noir. »

Noiraud, qui n'avait pas saisi le sous-entendu, intervint : « Les nonnes du temple n'ont pas peur du noir. »

Yunguo lança un regard méprisant à Noiraud et esquissa un sourire : « C'est une nuit éclairée par la lune, vous avez travaillé toute la journée, je m'en voudrais de vous déranger pour ça. »

La tenue de Yunguo et sa façon de s'exprimer avaient quelque chose de différent, elle était plus attirante et plus douce. Elle portait trois chapelets, l'un de graines de figuier brun clair, un autre d'agates, le troisième de turquoises. Les clochettes des campanules tachetées de violet qu'elle portait faisaient penser à de jolis instruments de musique, comme si, au moindre mouvement, elles allaient tinter. En un mot, cette Yunguo apparue dans le crépuscule avait un air gracieux et raffiné.

Après l'embrasement du couchant, les couleurs vives pâlirent peu à peu. Il ne faisait pas tout à fait nuit et Shi Bingde n'avait pas encore mis le groupe électrogène en marche. Ils firent faire à la nonne le tour de leur domaine, d'abord le potager sur lequel elle ne tarit pas d'éloges, disant que leurs plates-bandes étaient mieux tracées que celles du temple, avec moins de mauvaises herbes. Surtout, leurs aubergines étaient en fleur plus tôt que celles du temple, leurs courges musquées étaient plus grosses. Dents de Fer expliqua qu'ils fumaient la terre avec le contenu des latrines et que la richesse des excréments masculins engraissait mieux leur potager. Ses explications firent pincer le nez à Yunguo. Ils l'emmenèrent ensuite dans l'antenne de recherche sur les oiseaux migrateurs pour lui montrer les petits nés en couveuse. Elle n'aurait pas cru que des oiseaux puissent naître sans l'intervention d'une mère, c'était un vrai prodige. Le canard baptisé Bingde était malicieux. Quand Yunguo s'approcha de lui, il se mit à becqueter ses souliers de coton ; cela attira l'attention des trois hommes qui découvrirent que ses souliers noirs à semelles épaisses étaient brodés d'une pivoine rose et d'une abeille dorée. Le caneton jetait des regards d'envie sur l'abeille duveteuse, croyant qu'il pouvait la manger. Yunguo eut un petit sourire réjoui et tout le monde se mit à rire.

Ils sortirent de la station de recherche, Noiraud fit du thé, et ils s'assirent tous les quatre pour bavarder dans la cour devant le chalet. La végétation avait poussé, attirant de nombreux moustiques, et quand Noiraud vit Yunguo agiter sans cesse la main devant son visage pour les chasser, comme il savait qu'une bouddhiste ne doit pas tuer d'être vivant, il s'empressa d'allumer un feu pour brûler de l'armoise et les éloigner.

« Vous voyez comme ce benêt de Noiraud est bien plus attentif que nous autres pour prendre soin des femmes, dit Dents de Fer.

— C'est qu'il a bon cœur, répondit Yunguo.

— Avez-vous beaucoup de visiteurs au temple en ce moment ? demanda Dents de Fer.

— Ils sont bien plus nombreux depuis une quinzaine, surtout parce que la nouvelle de la présence des cigognes porteuses d'enfants s'est répandue. Les couples qui désirent enfanter viennent prier au troisième sanctuaire, cela a atténué la tension de notre vénérable Huixue. C'est qu'après la fête du Printemps, les fonctionnaires du Bureau des cultes de Wacheng sont venus par deux fois au temple de la Déesse. Selon eux, les autres temples reçoivent plus d'aumônes et vendent plus d'encens. Il faut stimuler le tourisme pour aider au développement économique local, mais le temple du Pin et de la Neige n'attire pas beaucoup de fidèles, et nous devons en chercher les raisons. Les membres du Bureau des cultes ont souligné que la présence du nid de cigognes sur le toit du sanctuaire devait être largement diffusée, soulignant que c'était un honneur pour le temple ; par ailleurs, les forêts autour de Wacheng recèlent de l'ambre en quantité, cette substance gorgée de résine, d'une belle couleur, est appréciée pour son odeur ; de nombreux habitants travaillent l'ambre et le portent en bracelets du plus bel effet. Le temple pourrait coopérer avec l'usine de travail du bois pour qu'elle polisse l'ambre dont on ferait des chapelets auxquels on donnerait un nom lumineux comme "Eveil du Septentrion". Proposés à la boutique d'objets religieux, ils rencontreraient, à coup sûr, un grand succès.

« La vénérable Huixue a jugé que le projet proposé par le Bureau des cultes était réalisable. Pourtant, elle s'est demandé si rechercher de l'ambre en grande quantité pour fabriquer ces chapelets ne représentait pas un risque potentiel pour l'environnement. En effet, on le trouvait dans de très anciens arbres, généralement sous une forme ovoïde ressemblant à un nid, d'abord dans des arbres abattus par le vent ou la foudre, mais surtout à la cime des vieux arbres, où il était difficile à récolter. Et si certains allaient jusqu'à abattre l'arbre entier pour le récolter ? Les représentants du Bureau des cultes l'ont rassurée, la police des forêts s'en occuperait. Ainsi, le comptoir de vente d'objets religieux pourrait proposer des Eveils du Septentrion de sa fabrication.

— Hum ! La police des forêts sera-t-elle capable de remplir cette mission ? demanda Dents de Fer. Après la fête du Printemps, on a constaté qu'elle n'avait pas su contrôler la cueillette des azalées. Quand une chose peut se vendre, c'est là qu'elle est en danger. » Il savait qu'il n'avait pas voix au chapitre, mais en présence de Shi Bingde, il estimait qu'il devait prendre position.

Shi Bingde demanda à Yunguo : « La dernière fois que la vénérable Huixue m'a reçu, elle m'a parlé des histoires qui circulaient à Wacheng sur les oiseaux migrateurs. Elle en était très affectée et elle avait l'intention d'aller en ville rétablir la vérité, pour que la population renonce à son discours de haine. L'a-t-elle fait ?

Yunguo remua les pieds. « Si elle y est allée, elle ne nous en a pas parlé. Mais elle s'est rendue en ville récemment, à l'usine de travail du bois qui doit façonner les Eveils du Septentrion. Quant aux exhortations, les bouddhistes n'ont pas de forme arrêtée, cela dépend du moment et du lieu… » Elle découvrit soudain une marguerite parmi l'armoise entassée sur les braises ; elle s'empressa de la sauver, raccourcit la tige, souffla sur la cendre qui la recouvrait et l'attacha au revers de la manche de sa robe. Elle fit alors remarquer aux trois hommes que la nuit était tombée : c'était le moment de faire de la lumière.

Dans le grondement du groupe électrogène, Yunguo, assise toute droite, se plongea dans la lecture du *Sutra du diamant* pendant deux heures. Elle aurait continué si la nonne Dexiu n'était pas arrivée, appuyée sur son bâton d'une main, portant un sac et deux parapluies de l'autre. Quand elle avait vu des nuages noirs annonciateurs de pluie occulter la lune, elle s'était dit que Yunguo n'avait pas pris de parapluie et risquait d'attraper froid si elle rentrait trempée. Elle venait la chercher et en profitait pour leur apporter un plat de fromage de soja qu'elle venait de cuisiner.

Yunguo eut des mots de remerciement pour Dexiu, mais son expression maussade démentait ses paroles. Elle ferma le livre sacré, se leva, retira l'une après l'autre les fleurs épinglées sur sa robe et les posa sur l'appui de la fenêtre derrière elle, remercia pour le thé et l'électricité, puis elle partit en compagnie de Dexiu. Arrivée au pont, elle se retourna. Le groupe électrogène éteint, le chalet était plongé dans le noir.

A l'approche du temple, la lune surgit des nuages noirs, tel un gong de cuivre attendant un musicien pour le faire vibrer.

13

Toute la splendeur de l'été en montagne se cristallisait sur un seul moment, la fin du jour. Au coucher du soleil, quand les nuages pourpres débordaient dans toutes les directions, ils irradiaient la terre, faisaient ruisseler la lumière sur les ailes des oiseaux et transformaient la rivière en un creuset rempli d'or en fusion. Les gens étaient convaincus, non sans raison, que le soleil était riche à millions, et à l'instant de leur dire adieu, il jetait son or par poignées pour qu'ils en soient comblés avant d'accueillir la nuit.

Par le passé, lorsque Noiraud allait en ville, c'était toujours avec Dents de Fer, ils faisaient l'aller et retour dans la journée. Après l'arrivée de Shi Bingde, quand Noiraud réclama une journée à Wacheng pour aller chez le coiffeur et manger des raviolis, Dents de Fer le fit patienter un ou deux jours, jusqu'à ce que Shi Bingde ait besoin d'aller là-bas et qu'il l'emmène.

Le jour où Shi Bingde et Noiraud partirent enfin, Dents de Fer jubilait. Dès son lever, pour fêter l'événement, il se rasa et mit une chemise propre. Il avait l'intention de suivre son humeur, de se régaler d'un canard braconné et de se soûler en solitaire. Il leur recommanda de rester en ville pour la nuit ; il veillerait sur la réserve et sur l'antenne de recherche, ils n'avaient pas à s'inquiéter.

Après leur départ, il alla chercher deux nasses dans la remise en fredonnant un petit air, préleva quelques vers de terre que Noiraud gardait pour la pêche dans une boîte en fer-blanc posée dans un coin, les écrasa pour les utiliser comme appâts, puis se rendit vers un fossé fleuri de primevères pourpres et de pavots jaune d'or. Récemment, il y avait souvent vu des canetons à peine sortis du nid, trottinant maladroitement derrière leurs parents pour apprendre à chercher leur nourriture dans ce lieu bourdonnant d'insectes.

Il était impatient de manger du canard sauvage, parce que cette année, il n'avait pas encore goûté au gibier et il en éprouvait une furieuse envie, mais aussi parce que ce serait l'occasion d'anéantir l'obscure menace : il ne pouvait pas, à cause de la mort de monsieur Qiu et de Zhuang Rulai, rester convaincu que manger du canard sauvage portait malheur.

En général, la réserve ne recevait pas de visiteurs, et il n'avait pas pris de bain depuis longtemps. Il fit chauffer une marmite d'eau et, profitant de l'absence de ses deux compagnons, il sortit le tub, le mit au soleil dans la cour, se déshabilla et se baigna tranquillement, puis il en jeta l'eau à travers la cour. Heureusement que l'on n'a pas installé de poste d'observation des oiseaux, se dit-il, sinon je n'aurais jamais pu me sentir aussi libre !

Certains membres du Comité consultatif local avaient proposé d'installer des postes d'observation des oiseaux destinés aux visiteurs dans le but de créer un site touristique original. Luo Mei avait enregistré la proposition et l'avait soumise à l'Office des forêts ; Jiang Jinfa, sachant que Dents de Fer était un protégé de Luo Mei, que ce projet interviendrait dans son oasis de paix personnelle et qu'il convenait de ne pas l'indisposer, fit la réponse suivante aux membres du Comité consultatif : « C'est une excellente idée, mais la réserve ornithologique de Wacheng est de taille modeste, le biotope du bassin de la rivière demande à être stabilisé, le moment n'est pas encore venu pour la création d'un poste d'observation des oiseaux. » C'est ainsi que le projet fut abandonné.

Après son bain, Dents de Fer fuma une cigarette, assis sur la souche d'arbre, tout en prenant le soleil, les yeux mi-clos. La captivante musique de la nature lui tenait compagnie ; le vent, tel un doigt amical, faisait vibrer doucement les cordes des arbres et des plantes en fleurs. Le clapotis de la Jinweng, le chant des oiseaux et des insectes qui se répondaient, en l'absence de toute voix humaine, le plongeaient dans la béatitude.

Il était vraiment heureux, car une longue conversation avec Shi Bingde lui avait appris que ce dernier, venu créer l'antenne de recherche en tant que scientifique, finirait par retourner à l'université. Tôt ou tard, la gestion de cette antenne de recherche serait confiée à l'échelon local. Des membres de son groupe de recherche viendraient occasionnellement poursuivre le travail. Dents de Fer savait que la gestion lui en reviendrait. Outre les crédits de fonctionnement de la réserve, il y en aurait d'autres pour la station de recherche, de quoi embellir le tableau ! Lorsqu'on a le pouvoir sur l'argent, on est le maître. Il serait à son aise, et s'il devait se montrer humble devant les spécialistes, c'était sans importance !

Dents de Fer réfléchit à la façon de manger le canard sauvage pour satisfaire sa gourmandise : bouilli ou braisé à la sauce de soja ? Quand ils viennent de rentrer de leur long voyage, les canards qui ont dépensé toutes leurs forces ne sont pas gras, mieux vaut les bouillir ; après la ponte, ils sont épuisés, leur chair est médiocre ; à présent que les canetons couraient partout, les adultes avaient récupéré leur vigueur, s'étaient bien nourris, avaient pris du poids, leur chair était savoureuse, la meilleure solution, c'était de le braiser à la sauce de soja !

Après avoir décidé du mode de cuisson, il réfléchit à la façon de le tuer, vite et bien, sans laisser la moindre preuve du massacre, ni goutte de sang ni plume. Il se dit qu'au moment de le tuer, il étendrait sur le sol un tapis d'écorce de bouleau facile à brûler ; s'il y avait des éclaboussures de sang, peu importe, il brûlerait l'écorce dans le foyer, voilà tout. Quant aux plumes, il vaudrait mieux les brûler aussi, car la dernière fois, quand Noiraud en avait trouvé une dans la nasse, cela avait failli mal tourner. Cette fois-ci, il ne fallait surtout pas commettre la même erreur. Seulement, comme elles sentaient fort en brûlant, il faudrait ouvrir porte et fenêtre. Puis, après la cuisson du canard, il faudrait nettoyer la casserole à fond avec de la lessive pour qu'il ne reste ni graisse ni odeur. Enfin, quand il aurait mangé, il faudrait s'occuper des os. Ils étaient durs, difficiles à brûler, il vaudrait mieux les jeter là-bas, dans le fossé, il se trouverait bien un animal pour les ronger.

Ce plan élaboré, Dents de Fer alla relever les pièges. A cause de l'abondance de nourriture, il s'était dit qu'il risquait de ne rien attraper, mais il retrouva le sourire devant le tableau qui s'offrait à ses yeux : il y en avait un dans chaque nasse, une femelle et un mâle. Trouvant la femelle assez maigre, un vrai sac d'os qui ne serait guère savoureux, il la relâcha et garda le beau mâle à bec tacheté, le tua rapidement, brûla les plumes et alla jeter loin du chalet l'eau qui avait servi à le laver ; il vérifia avec soin qu'il ne restait aucune plume dans les pièges avant de les ranger dans la remise. Au milieu de la matinée, le feu était allumé et le canard mijotait. A onze heures, il était cuit à point ; Dents de Fer étendit un tapis par terre dans la cour, y disposa la viande et la boisson et se mit à manger. Au milieu de son repas, il entendit un vague bruit de moto, crut à une hallucination auditive et n'y accorda pas d'importance ; mais le bruit s'intensifia, annonçant l'approche de quelqu'un. Il lui vint à l'esprit d'aller jeter le reste du canard dans les latrines, mais il n'en eut pas le temps, la moto arrivait.

C'était Lao Ge, le garde du poste de contrôle. Sa moto et lui étaient couverts de boue, il devait avoir beaucoup plu vers la ville, la route était boueuse, et tout au long du chemin, il avait fait plusieurs chutes.

La rencontre de ces deux malappris leur procura une joie qu'ils n'éprouvèrent pas le besoin d'exprimer, car ils n'avaient rien à se cacher. Dents de Fer se félicita de ne pas avoir eu le temps de faire disparaître le plat de canard, car il s'en serait mordu les doigts !

« Tu as vraiment un flair de chien, dit-il, tu as senti que je faisais cuire un canard ? » Sans le moindre embarras, il reconnut qu'il était en train de manger du gibier et, montrant le canard dans le plat, lui proposa pour se moquer : « Tu veux y goûter ? Tu veux faire une vidéo avant ? »

Lao Ge jeta sa moto de côté et, avec un rire gêné : « Chef, comment peux-tu imaginer que je sois capable de faire ça ? » Sortant son portable de sa poche, il le lança à Dents de Fer : « Tiens, je te le confie, comme ça, tu seras tranquille ! »

Dents de Fer essuya sa bouche luisante de graisse et ne se gêna pas pour retirer la batterie du portable : « Tu comprends de mieux en mieux les usages ! »

Lao Ge eut un rire étouffé, puis, disant qu'il avait un besoin pressant, se dirigea vers les latrines. Dents de Fer en profita pour aller chercher une bouteille d'alcool dans la remise, il ouvrit une boîte d'anchois et apporta une paire de baguettes pour Lao Ge.

Revenu, Lao Ge se débarbouilla, retira sa chemise maculée de boue, la rinça dans l'eau où il s'était lavé, l'étendit sur un pin tout proche et s'assit torse nu en face de Dents de Fer.

« Quand tu as vu Shi Bingde aller en ville avec Noiraud, tu t'es dit que j'étais seul à la réserve, que je devais faire quelque bêtise, n'est-ce pas, et tu es venu me prendre sur le fait pour en tirer avantage ?

— Tu as raison sur le premier point. Quand je les ai vus partir pour la ville, je venais de finir mon service, et en calculant que tu n'étais pas allé en ville depuis une dizaine de jours, je me suis inquiété ; alors, profitant de leur absence, je suis venu parler de nos affaires personnelles. » Lao Ge goûta un morceau de canard, vanta la saveur inimitable du gibier, si plaisant à manger, puis il ajouta : « Je suis venu avant tout pour t'annoncer une bonne nouvelle.

— Peuh ! Dans ma situation présente, je me contente de ce que j'ai, quelle bonne nouvelle pourrait arriver jusqu'à moi ?

— C'est bien vrai, ici, sans réseau pour les portables, ce n'est pas une vie. On a beau dire que les bonnes nouvelles circulent vite, ici on n'est pas bien loin de Wacheng, et pourtant, j'ai appris avant toi la bonne nouvelle concernant ta famille, tu n'es toujours pas au courant. » Lao Ge leva son verre, et ils le vidèrent tous les deux en même temps. Enfin, pressé de questions par Dents de Fer, il raconta l'événement en détail. « Il y a trois jours, le service des ressources humaines du comité municipal du Parti a fait une évaluation de Qiu Deming et de Luo Mei ; Qiu Deming va succéder à Zheng Jiahe comme secrétaire du Parti, devenant le plus haut responsable de Wacheng, et Luo Mei est promue directrice de l'Office des forêts ; elle succède à Qiu Deming.

— Que devient le secrétaire Zheng Jiahe ? Il est promu, lui aussi ?

— Eh bien, il reste au même niveau, muté au comité municipal comme secrétaire adjoint ; c'est une voie de garage, il en est très mécontent. » Lao Ge ajouta, tout réjoui : « On raconte que pour promouvoir Luo Mei, on a donné au directeur Qiu le poste de secrétaire du Parti afin de libérer son poste, et que c'est pour cette raison que le secrétaire Zheng Jiahe a été mis sur la touche. Tout le monde dit que notre nièce a des relations.

— Le directeur Qiu est muté au même échelon, mais secrétaire du Parti, c'est un poste important, de premier plan, il doit être content !

— Cette année ne lui a pas été favorable, son père est mort, et le voilà secrétaire du Parti ; si on regarde le bon côté des choses, il a un poste de premier plan, mais un secrétaire est loin d'avoir le pouvoir d'un directeur de l'Office des forêts ; certains disent que ces mutations ont pour seul et unique but l'avancement de notre nièce, et pour ce faire, il fallait bien déplacer les autres !

— Quand quelqu'un a de la chance, les médisants ne manquent pas. Je ne cherche pas à vanter ma famille, mais malgré sa jeunesse, Meimei est une administratrice efficace, elle a une grande puissance de travail ; son avancement est justifié, cela prouve la lucidité du comité du Parti de Wacheng.

— En effet, la directrice Luo fait notre fierté. Et pour toi, son oncle, ce n'est pas rien ; avoir une nièce aussi remarquable, la gloire en rejaillit même sur moi. »

Lao Ge sortit une enveloppe rouge de sa poche et la tendit à Dents de Fer en disant que c'était un cadeau de félicitations ; comme Luo Mei avait mille choses à régler chaque jour, elle n'avait pas le temps de le recevoir, mais elle avait accepté de l'aider à trouver un travail pour sa fille et il pensait à elle avec chaleur ! Ce modeste présent de dix mille yuans prouvait sa reconnaissance. Il priait Dents de Fer d'acheter un vêtement pour l'offrir à Luo Mei de sa part.

Dents de Fer se dit qu'à l'heure actuelle, lorsqu'on demandait un service à quelqu'un, on ne pouvait faire autrement que de dépenser de l'argent ; même s'il avait prise sur lui, Lao Ge n'était pas idiot, étant donné le procédé dont il avait usé pour arriver à ses fins, ils auraient pu devenir ennemis. En se montrant complaisant, il restait son ami et pouvait continuer à lui demander de l'aide. D'ailleurs, Luo Mei, en tant que directrice, aurait un plus grand pouvoir de décision et Lao Ge pourrait peut-être faire valoir ses préférences à propos du travail de sa fille.

Après avoir réfléchi à tout cela, Dents de Fer se dit que dix mille yuans, ce n'était rien ; pour se procurer un travail, il était courant de dépenser quatre-vingts à cent mille yuans. Aussi n'hésita-t-il pas à fourrer l'argent dans sa ceinture en toute bonne conscience. Luo Mei n'avait pas besoin de cette somme ridicule ; il allait tout simplement la garder.

Lao Ge but encore un verre. « Chef, dit-il avec un sourire gêné, maintenant que notre nièce est directrice, il faut régler rapidement la question du travail de notre fille ; j'ai appris que certains organismes comme l'Agence de l'eau ou la Radiodiffusion allaient recruter, avec des salaires élevés et une couverture médicale excellente. Il ne faudrait pas caser notre fille dans un service sans possibilité d'avancement, peux-tu demander à notre nièce une nomination rapide ? »

Irrité d'entendre Lao Ge dire « notre nièce » par-ci, « notre fille » par-là, Dents de Fer se dit : Qui donc est ta nièce ? Quels liens ai-je avec ta fille ? Cependant il déclara avec un grand sourire : « Sois tranquille, je lui dirai de réserver un bon poste pour notre fille. »

Lao Ge se réjouissait à la perspective d'un poste pour sa fille, et Dents de Fer était encore plus réjoui d'apprendre la promotion de Luo Mei. Dorénavant, personne n'oserait lui faire payer ses consommations dans les restaurants de Wacheng. Quand il croiserait des connaissances dans la rue, nul doute qu'en l'apercevant de loin, on viendrait vers lui, la main tendue, pour le saluer. La mort de monsieur Qiu et de Zhuang Rulai ainsi que la large diffusion de la légende des oiseaux migrateurs l'avaient poussé à s'inquiéter pour la situation de Luo Mei, il s'était dit que ce n'était pas de bon augure, mais à l'évidence, il s'était inquiété pour rien.

En levant la tête, il vit la fumée s'élever du temple de la Déesse et il déclara, impressionné :

« La réserve est voisine du temple de la Déesse, visiblement c'est favorable.

— Si tu n'en avais pas parlé, je n'y pensais plus. J'ai entendu des gens dire que la directrice Luo avait de la chance ; comme elle était chargée du Bureau des cultes, le Bouddha la favorisait. Si je n'avais pas bien mangé et bien bu aujourd'hui, j'aurais poussé en moto jusqu'au temple pour me prosterner jusqu'à terre devant le Bouddha. »

Excité par l'alcool, Lao Ge était intarissable. Craignant un accident s'il repartait en moto dans cet état, Dents de Fer lui promit qu'ils se retrouveraient en ville pour boire un autre jour et fit disparaître la bouteille d'alcool au bon moment ; il l'envoya faire la sieste afin qu'il reparte quand il aurait cuvé l'alcool. Fatigué, Lao Ge suivit le conseil de Dents de Fer, il alla faire la sieste dans la chambre de ce dernier.

Dents de Fer se hâta d'envelopper les os de canard dans un vieux journal et alla s'en débarrasser le plus loin possible. En revenant, il éprouvait une certaine amertume. Toute la ville était au courant de la promotion de Luo Mei comme directrice, mais elle n'avait envoyé personne lui annoncer la nouvelle pour qu'il puisse participer à sa joie ; il voyait bien qu'elle ne lui accordait aucune importance. Quant à Lao Ge, il n'était venu lui apprendre la nouvelle que par calcul. Cela le fit penser au caneton que Shi Bingde avait fait naître en couveuse, d'abord accepté par des congénères, puis finalement becqueté à mort par une troupe d'autres petits canards. Il songea que sous le ciel, tous les animaux, du plus petit au plus grand, ne pouvaient échapper à la loi de la jungle, ils étaient forcément égoïstes et intolérants. Quand Luo Mei n'avait pas encore réussi dans la vie, il y avait un lien étroit entre sa sœur et lui, mais le poste de sa nièce, tel un poignard acéré, avait rompu ce lien invisible ; Zhou Ruqin s'était envolée vers les sommets tandis que lui tombait au fond d'une gorge, elles le toisaient d'un œil méprisant et lui ne pouvait que lever vers elles un regard d'esclave. A cette pensée, il lui sembla que les rayons incertains du soleil sur la Jinweng évoquaient un linceul, car sous le calme des eaux, les êtres se massacraient et dans les profondeurs se mêlaient des traces de sang plus ou moins sombres, qui jamais ne disparaîtraient.

14

Noiraud revenait en ville pour la première fois de l'année. De bonne humeur, il souriait aux passants. Ceux qui le connaissaient l'accueillaient par ces mots : « Regarde-moi cette tignasse qui te tombe au-dessous de l'oreille, tu pourras bientôt faire une petite natte ! » Il répondait aussitôt : « C'est pour ça que je reviens, je vais me faire tondre ! » Sans rentrer chez lui, il se rendit tout droit dans la rue de la Paix, chez son coiffeur habituel, un vieil artisan portant le même nom de famille que lui et qui connaissait ses goûts : il savait parfaitement où garder une certaine longueur, où couper court.

Quand il le vit, maître Zhang s'exclama, effaré : « Tu as presque l'air d'un sauvage ! Pourquoi avoir tant attendu pour revenir ? Aurais-tu par hasard été séduit par quelque esprit-renard ou esprit-serpent de la montagne ? »

Noiraud secoua la tête et, s'écriant qu'il avait soif, demanda un verre d'eau à maître Zhang. Après l'avoir bu, il s'assit dans le fauteuil. En apercevant sa tête dans le miroir, il poussa un cri de surprise. Celui qu'il découvrait dans la glace avait l'air d'un homme resté en prison pendant des années, la chevelure hirsute, emmêlée, racontant une longue histoire répugnante, accrochée là pour provoquer l'aversion. Il s'était bien rasé la barbe une ou deux fois par semaine, mais il ne s'était pas occupé de la forêt de poils qui s'échappaient de ses narines, comme des mouches, lui donnant un air déplaisant. En un mot, il se faisait horreur et demanda au coiffeur de mettre de l'ordre sur sa tête.

Maître Zhang connaissait son métier, et tout en s'occupant des cheveux de son client, il se mit à bavarder : « Quand l'annonce des cas de grippe aviaire s'est répandue, à la nouvelle que la réserve était en quarantaine, je me suis inquiété pour toi. As-tu eu peur à ce moment-là ?

— Tout près du temple de la Déesse, dit Noiraud d'une voix rauque, protégés par les Bouddhas, nous n'avions rien à craindre !

— A propos, dit maître Zhang, il y a une tribune publique à l'auditorium de la radio, cet après-midi, et l'orateur est la vénérable Huixue. Depuis quelques années, mon épouse était écœurée par l'odeur de la viande ; elle est devenue végétarienne il y a deux ans. Certains disent que, pour elle, le moment est venu de se vouer au Bouddha, et ils l'ont encouragée à aller écouter cette intervention.

— A quelle heure cet après-midi ?

— Ce doit être à deux heures. Pourquoi ? Ça t'intéresse ? »

Sans répondre, Noiraud recommanda à maître Zhang de lui couper aussi les poils du nez.

« Crois-tu que je risque d'oublier ? »

Quand maître Zhang eut fini la coupe de cheveux, il allait passer aux poils de nez quand il s'aperçut que son client dormait, la tête renversée en arrière. Il n'eut pas le cœur de le réveiller et le laissa dormir une demi-heure. A l'approche de midi, il le réveilla, lui coupa les poils du nez et lui fit un shampoing. Après avoir payé, Noiraud s'en alla tout guilleret.

Les restaurants de raviolis étaient nombreux dans la rue de la Paix. Les raviolis en conserve que mangeait Noiraud à la réserve étaient farcis à la viande, aussi, quand il revenait en ville, avait-il envie de raviolis tout frais sortis du bouillon, avec une farce sans viande, à l'œuf et à la courge, au maquereau et à la ciboule, au céleri et au vermicelle, ou encore au fromage de soja et au poivron vert. Il entra au restaurant *A votre goût* et le patron qui connaissait ses préférences commanda aussitôt une portion de ceux qu'il aimait. Apprenant qu'il y avait aussi des raviolis farcis aux crevettes et au concombre, et d'autres au fromage de soja et au bulbe de ciboule, il commanda une demi-livre de chaque avec une bouteille de bière pour les accompagner.

Vers midi, ceux qui travaillaient à proximité de la rue de la Paix ainsi que les migrateurs venus se mettre à l'abri de la chaleur se précipitaient dans les restaurants. Celui sur lequel Noiraud avait jeté son dévolu était plein, il ne restait qu'une table de libre. Quand Noiraud s'y fut installé, deux clients de sa connaissance arrivèrent avec leur portion de raviolis, chacun dans un but précis. L'un, Xiao Jin, était encaisseur pour l'Agence de l'eau, et l'autre, Lao Huang, était fleuriste. A peine assis, Lao Huang se mit à narrer la légende des oiseaux migrateurs, à la grande stupéfaction de Noiraud. En effet, dans l'histoire qu'il conta, les ailes des oiseaux migrateurs servaient de registre au dieu des Enfers qui décidait de la vie et de la mort. D'après les noms inscrits dans ce registre, les oiseaux allaient se saisir des coupables de graves méfaits. Les noms de monsieur Qiu et de Zhuang Rulai étant inscrits sur les ailes des oiseaux, ils étaient morts.

Quand la commande de Noiraud lui fut servie, Lao Huang, sans se gêner, saisit un ravioli avec ses baguettes en vantant la saveur des raviolis tout frais sortis du bouillon. Il chercha à embobiner Noiraud, le louant comme un demi-Immortel, il le somma de deviner quel serait le prochain nom inscrit sur les ailes des oiseaux. Pour lui faire dire le nom de quelqu'un qu'il détestait, il déclara que les agents du Service de protection des forêts étaient tous des salauds. « Au printemps, dit-il, pour faire un enclos à mes poules, je suis allé au bord de la rivière couper un fagot de branches de saule. J'ai été surpris par l'un d'eux et j'ai dû payer une amende. Ce ramassis de canailles a la vue sélective : quand la famille d'un fonctionnaire transporte du bois volé à pleine voiture pour en faire commerce, ils font semblant d'être aveugles, et moi, pour un malheureux fagot, ils ne me ratent pas. Ils sont à cheval sur le règlement uniquement envers ceux qui sont sans pouvoir et sans argent. Mais ils ne se gênent pas pour mal se conduire en cachette. J'en connais qui vont dans les karaokés trouver des putes, et d'autres qui se droguent. »

Noiraud lui demanda de qui il parlait, Lao Huang cita plusieurs noms, et Noiraud, frémissant d'indignation, les prit en note. Lao Huang, tout content, lui offrit une bière.

Mais après avoir enregistré ces noms et dégusté trois raviolis, il précisa que les ailes des oiseaux migrateurs ne portaient pas le registre des vivants et des morts du dieu des Enfers, mais qu'elles servaient de parapluie. Il raconta comment, dans le passé, un oiseau surnaturel l'avait protégé de la pluie avec ses ailes ; et voilà que ce même oiseau était apparu sur la Jinweng. Lao Huang trouva l'histoire sans intérêt, il mangea deux autres raviolis de Noiraud et s'en alla en bougonnant après avoir réglé sa note.

Il était à peine parti que Xiao Jin prit le relais. Noiraud avait bu deux bouteilles de bière, il avait les yeux dans le vague, le visage empourpré ; c'était le bon moment pour lui présenter une requête. Xiao Jin commença par vanter sa coupe de cheveux pleine d'allure, puis le félicita pour l'histoire de cet oiseau surnaturel qu'il venait de conter ; enfin, il expliqua qu'il était allé plusieurs fois chez lui encaisser la facture d'eau, sans jamais y parvenir. L'Agence de l'eau de Wacheng avait décidé que tout utilisateur privé n'ayant pas fait poser de compteur devait s'acquitter d'une redevance annuelle de deux cent soixante yuans pour un particulier et de trois cent quatre-vingts yuans pour un commerçant. Zhang Kuo tenait une pension de famille, elle devait donc payer le tarif commerçant, mais elle prétendait n'héberger que des parents et amis et refusait de s'acquitter de sa redevance, si bien que Xiao Jin ne savait que faire. C'était une aubaine pour lui de rencontrer Noiraud ; s'il payait la redevance, cela ôterait un souci à sa fille, et lui ne serait pas obligé de courir encore une fois trouver Zhang Kuo. Toutes les fois où il était allé chez elle à moto, il avait dépensé de l'essence sans réussir à se faire payer, il était chaque fois rentré bredouille. Et comme l'Agence de l'eau lui affermait la redevance, il devait sortir de sa poche ce qu'il n'avait pas réussi à collecter.

Noiraud, ayant à peu près compris de quoi il retournait, sortit tout l'argent qu'il avait en poche et demanda à Xiao Jin si cela suffisait pour régler la redevance. Rouge d'émotion, le jeune homme prit quatre cents yuans sur les sept cents que Noiraud lui présentait et lui fit ranger le reste dans sa poche. Comme il avait son carnet à souches, il remplit un reçu de trois cent quatre-vingts yuans qu'il tendit à Noiraud en lui demandant de le remettre à sa fille dès son retour chez lui. Comme Noiraud n'avait pas l'air de lui réclamer les vingt yuans qu'il aurait dû lui rendre, il les garda en se disant qu'ils couvriraient ses frais d'essence.

Quand Zhang Kuo vit son père revenir, tondu de frais et sentant l'alcool, elle comprit qu'il venait de la rue de la Paix. Son père lui donna le reçu de la redevance d'eau et fit le tour de la maison pour compter le nombre d'oreillers verts brodés réservés aux pensionnaires ; il en déduirait ainsi combien elle en hébergeait. Il alla ensuite s'asseoir dans la cour et déboutonna deux boutons de sa chemise pour se donner de l'air.

Zhang Kuo le suivit en agitant le reçu, elle traita Xiao Jin de fils de pute qui avait abusé un pauvre benêt, et lui reprocha d'avoir payé. « Ma pension de famille n'est ouverte que six mois par an, je n'ai pas beaucoup de clients, je ne dépense guère plus d'eau que si la famille avait deux ou trois personnes de plus. La blanchisserie du marché de l'Est, qui est au mieux avec les responsables de l'Agence de l'eau et qui aurait dû installer un compteur, ne paie qu'une redevance de trois cent quatre-vingts yuans. Tu te rends compte combien une blanchisserie peut gaspiller de tonnes d'eau en un an ! Cela montre bien que l'on gruge les gens simples sans piston. Tu as eu tort de payer, lui reprocha-t-elle, je ne te rembourserai pas. »

Noiraud regarda sa fille d'un air détaché : « J'ai de l'argent dans ma poche, je n'ai pas besoin que tu me rembourses. »

Zhang Kuo, rassurée, plia soigneusement le reçu qu'elle fourra dans sa poche, servit une tasse de thé à son père et lui tendit un éventail. « Quand la réserve a été mise en quarantaine, j'ai cru que tu avais attrapé la grippe aviaire et j'ai pleuré bien souvent. » Elle ne mentait pas, elle était très inquiète, elle avait peur que son père meure et que se tarisse l'argent de sa pension dont elle disposait pour assurer sa propre subsistance.

« Ah ! » lança Noiraud quand il l'entendit déclarer qu'elle aurait regretté de le perdre. Tout en s'éventant, il prit sa tasse pour boire avidement, puis demanda : « Tu as quatre migrateurs en pension, pourquoi sont-ils tous absents ? Tu ne leur sers pas à déjeuner ?

— J'ai cinq pensionnaires, dit-elle en secouant la tête. Pourquoi parles-tu de quatre ?

— J'ai compté le nombre d'oreillers verts réservés aux pensionnaires, il y en a quatre.

— Parmi eux, dit-elle, amusée, en plissant les yeux, il y a un couple d'enseignants retraités du Hunan qui est déjà venu l'an dernier et un autre couple venu du Guangdong en voyage de noces pour échapper à la chaleur, ils ne restent qu'un mois. Les jeunes mariés dorment sur le même oreiller. Le cinquième pensionnaire, un peintre pékinois, passe toute la journée dans la montagne, il ne rentre qu'à la nuit. Ils prennent leur repas du matin ici mais je ne m'occupe pas du déjeuner ; ce ne sont pas les restaurants qui manquent, ils trouvent facilement à manger quelque chose à midi. Je leur sers le repas du soir, c'est moins fatigant pour moi que par le passé. »

Zhang Kuo se plaignit que depuis l'arrivée des migrateurs, les petits marchands de rue se soient mis d'accord pour faire monter les prix de la viande et des légumes de façon malhonnête, alors que pour garder leurs clients, les pensions de famille ne pouvaient pas augmenter leurs tarifs. Elle faisait moins de bénéfices que les années précédentes. Elle était contente qu'ils déjeunent en ville, avec un repas de moins à servir, elle gagnait un peu plus.

« Maintenant que la nièce de Dents de Fer va devenir directrice de l'Office des forêts, elle fera partie du deuxième cercle des dirigeants en vue. La réserve va sûrement voir augmenter ses ressources et ses investissements. Si Dents de Fer gagne davantage, il ne faudrait pas qu'il t'oublie. Je t'engage à lui demander une augmentation de salaire, au moins trois cents yuans de plus par mois, sinon tu donnes ta démission. »

Depuis son retour, Noiraud n'avait entendu parler que d'argent et encore d'argent, il en avait assez. Il posa tasse et éventail pour fermer les yeux et s'assoupir un moment. Comme les oreillers verts occupaient sa chambre, il alla se rouler en boule sur le canapé du salon.

Il dormait à poings fermés quand il fut réveillé par l'odeur âcre des poivrons frits. Il se leva et vit sa fille en train de cuisiner un poisson aux poivrons pour un homme au long visage simiesque. A ses cheveux longs et ses ongles tachés de diverses couleurs, il comprit que c'était le peintre dont elle lui avait parlé. Il annonça qu'il rentrait à la réserve. Zhang Kuo toussa avant de lui dire : « Père, si Dents de Fer refuse de t'augmenter, j'irai le trouver, et on verra bien ! »

Shi Bingde avait fixé rendez-vous à Noiraud à quatre heures au carrefour nord de la rue de la Paix. De peur qu'il oublie, il lui avait écrit un 4 au stylo à bille dans la paume de la main, aussi Noiraud avait-il l'heure bien présente à l'esprit. Il regarda sa montre : deux heures juste, il était en avance. Il songea à aller regarder les joueurs à la salle de mahjong en buvant une tasse de thé. Il se rappela soudain qu'il voulait assister à quelque chose cet après-midi. Il s'arrêta pour réfléchir, sans trouver la réponse. Il se souvenait que l'information lui avait été donnée rue de la Paix. Il retourna d'abord au restaurant de raviolis ; le patron, croyant qu'il avait oublié quelque chose, lui demanda ce qu'il cherchait.

« Qu'est-ce que je voulais faire, cet après-midi ? demanda Noiraud.

— Comment veux-tu que je le sache ? dit le patron en riant. Si tu veux manger des raviolis, je peux t'en préparer. Si tu veux jouer, la salle de mahjong est dans la rue derrière. Si tu as envie d'une fille, je vais te donner un numéro confidentiel, je te garantis que tu en auras une mignonne à bon marché. »

Noiraud objecta qu'il ne voulait rien de tout cela et se rendit au salon de coiffure. Maître Zhang était absent, mais un autre employé lui apprit qu'il était allé à l'auditorium de la radio assister à la conférence de la supérieure du temple de la Déesse. Noiraud, se frappant le front, s'écria : « Mais oui, c'est ça ! »

Quand il arriva, tout essoufflé, à l'auditorium, la séance était commencée depuis une demi-heure. Dans la salle qui pouvait contenir deux cents personnes, il ne restait que trois ou quatre places libres au dernier rang. Il s'assit au bord de l'allée. Les paroles de la vénérable Huixue, transmises par le micro, lui parurent étrangères. Cette étrangeté lui donna l'impression que Huixue, éclairée à l'excès par les projecteurs sur l'estrade, n'était pas aussi simple et amicale que celle qu'il voyait au temple. Il écouta un moment et, ne trouvant pas grand intérêt au discours, il s'endormit, la tête penchée, et se mit à ronfler. Les auditeurs des rangs proches de lui se retournèrent plusieurs fois et se mirent à rire. Un employé s'approcha aussitôt pour le réveiller et l'inviter à sortir. Mais il s'obstina, disant qu'il ne dormait pas, qu'il écoutait. Puis il ajouta, de façon incohérente : « J'ai assez dormi, ça m'a vidé le cerveau pour faire de la place aux textes bouddhiques. » A ces paroles, ses voisins rirent de plus belle.

Comme il ne voulait pas sortir, l'employé s'assit à côté de lui pour le surveiller. Dès qu'il ronflait, il le secouait pour le réveiller. Noiraud s'endormit plusieurs fois et fut réveillé à chaque fois. L'intervention de la vénérable Huixue terminée, on passa aux questions du public auxquelles elle répondrait globalement. Il y en avait de toutes sortes.

Il y a bien des souffrances dans la vie, pourquoi est-il toujours question des huit souffrances ?

Les gens honnêtes qui vivent dans la pauvreté en cette vie seront-ils riches dans leur prochaine vie ?

Que veut dire la phrase : « Quand le cœur ne s'agite pas, toutes choses sont au repos » ?

Si l'on respecte les préceptes et la méditation, en est-on vraiment récompensé ?

Quelle est la différence entre un religieux vivant dans sa famille et un novice ?

Quels sont les huit préceptes du nom de Zhu Bajie, le cochon du *Pèlerinage vers l'Ouest* ?

Est-il vrai que dans la terre pure du paradis de l'Ouest, les fleurs et les oiseaux récitent des sutras et que le sol est couvert de lapis-lazuli ?

L'être humain doit s'éveiller à la conscience. Doit-il pour cela, comme Sâkyamuni, se tenir sous l'arbre de la connaissance ? Sous un pin de Wacheng, peut-on parvenir à l'illumination ?

Est-ce que les religieux peuvent voir les fleurs du nirvana ?

Les cigognes qui apportent les bébés du temple de la Déesse peuvent-elles vraiment apporter la bonne nouvelle à un couple stérile ?

Quand le Bouddha voit les méchants faire le mal et les honnêtes gens être opprimés, pourquoi ne descend-il pas de son trône de lotus pour sauver les bons ? Est-ce qu'il dort ? Et ferme-t-il les yeux quand il dort ?

Les migrateurs humains sont les nouveaux riches de notre société, leur monde est un éternel printemps. Le Bouddha a-t-il le pouvoir de supprimer l'hiver de nos régions froides pour que les pauvres qui ne peuvent pas migrer échappent à la froidure ?

Dans votre communication, vous nous avez appris que vous veniez d'une famille aisée et que vous étiez entrée en religion par amour des êtres vivants, que vous aviez percé à jour la poussière rouge du monde, que votre âme avait répondu à l'appel du Bouddha. En vérité, si vous n'aviez pas répondu à cet appel, avec votre gracieuse silhouette, vos beaux yeux, votre menton bien dessiné, votre nez droit et votre jolie bouche qui font de vous une femme séduisante, vous auriez été demandée en mariage par de nombreux hommes. Ne regrettez-vous pas d'être entrée au service du Bouddha ? Vous souciez-vous de vos parents qui vous ont élevée ?

Quelqu'un qui se convertit cesse-t-il d'avoir peur de la mort ?

D'après ce qu'on raconte, la révérende Yunguo du temple de la Déesse a été la maîtresse d'un fonctionnaire cupide et corrompu, mais, craignant d'être compromise, elle a fait don à son frère, sous un nom d'emprunt, de la maison que le fonctionnaire lui avait offerte, puis elle s'est rasé le crâne et faite nonne. Comment les contrôleurs auraient-ils pu poursuivre une femme entrée dans les ordres ? Elle a ainsi sauvé ses biens. On dit que plusieurs maîtresses de ce fonctionnaire ont été compromises et que seule Yunguo a échappé au désastre. Si cette rumeur est vraie, sa décision de devenir nonne ne vient pas d'une conviction sincère. Sa présence dans le temple n'est-elle pas un manque de respect envers le Bouddha ?

On dit : *Dès que le tueur lâche son couteau, il atteint l'état de Bouddha*. Dans ce cas, pourquoi un assassin qui reconnaît son égarement est-il condamné à mort par le tribunal ?

Lorsque le soleil se couche, la lune se montre. La lune est-elle un enfant mystique réincarné du soleil ?

Est-il vrai que l'on ne doit manger aucun animal doté d'un cœur ?

Quel usage faites-vous des offrandes d'argent pour l'encens du temple de la Déesse ?

Quand on croit au Bouddha, on ne doit honorer ni les esprits-renards ni le sage taoïste Huang Chuping, n'est-ce pas ?

Quand on marche dans la nuit, si on sent des picotements dans les cheveux, est-ce que cela veut dire que l'on croise un fantôme ?

A l'instant où survient une catastrophe, si l'on invoque le Bouddha, est-ce que cela écartera le péril ?

La vénérable Huixue avait écouté toutes les questions avec grande attention, et lorsqu'il n'y en eut plus, un responsable vint lui faire remarquer discrètement que les deux heures attribuées à sa conférence et aux questions étant écoulées, elle devait y répondre brièvement. Elle acquiesça en souriant et, s'adressant au public : « Par Amitabha ! Il ne reste plus de temps. Face au temps, toutes les questions cessent d'être des questions. Je veux vous dire que, lorsque vous aurez quitté ce lieu, certains subiront une tempête de neige et d'autres verront un arc-en-ciel ; certains rencontreront un tigre ou un loup et d'autres un agneau ; certains grelotteront au printemps et d'autres chanteront en hiver. Poussière et nuage ne sont qu'illusion. L'affliction est du miel, tout dépend de ce que le cœur en fait. »

La conférence terminée, des auditeurs se précipitèrent vers la tribune, certains pour offrir fleurs et fruits à la vénérable Huixue, d'autres pour lui demander un autographe sur leur livre saint, et d'autres encore pour lui présenter des objets de culte à bénir.

Noiraud se dit qu'il n'était pas venu pour rien. En effet, la phrase de Huixue selon laquelle toutes les questions, face au temps, cessent d'être des questions, que la plupart des auditeurs n'avaient, semble-t-il, pas saisie, lui l'avait comprise. Elle l'avait aidé à résoudre un problème qui le tracassait : si on ne peut pas marcher sur son ombre, c'est que le temps lui-même ne peut pas marcher sur son ombre.

15

Les jeunes oiseaux avaient appris à chercher leur nourriture. Shi Bingde relâcha dans la nature les trois petits nés en couveuse. Le plus heureux de quitter la protection des hommes fut Shusen le busard. Il courut, plein d'enthousiasme, vers la rivière. Bingde le canard sembla hésiter à abandonner la sécurité du nid. Une fois à l'extérieur, il ne cessait de se retourner pour regarder en arrière. Quant à l'oie nommée Dents de Fer, tel un agent secret en mission de nuit, elle fit quelques pas hésitants vers la droite, regarda vers la gauche, et finit par se faufiler dans un épais buisson.

Le bassin de la Jinweng, ses forêts escarpées et ses vallées constituaient une abondante réserve de nourriture pour les oiseaux; les jeunes avaient le plaisir de chercher à manger par eux-mêmes, mais ils risquaient de le payer cher. Un petit canard, persuadé de pouvoir se régaler d'une couleuvre volante qui ondulait dans l'herbe, l'attaqua, mais le serpent le renversa et l'étouffa en s'enroulant étroitement autour de lui et en fit son repas. Mais son bonheur fut de courte durée, car il fut dévoré par une belette. Shi Bingde, qui observait toute la scène, décrivait la nature comme un terrain quotidien de guerres et de drames.

S'entraîner à voler était vital pour les jeunes oiseaux. S'ils ne maîtrisaient pas le vol, ils ne pourraient pas accompagner leurs parents à l'automne dans leur migration par monts et par vaux, c'était la mort qui les attendait. C'est pourquoi la forêt résonnait en permanence de bruits d'ailes ; les adultes montraient comment battre des ailes et les jeunes les agitaient pour tenter de quitter le sol. Ils savaient que les pages du calendrier de la nature tournaient vite, il fallait tirer profit de chaque instant.

Un jour, Shi Bingte rapporta de la forêt une cigogne mâle adulte blessée. A première vue, en se posant sur un vieux pin pour chercher des insectes sous l'écorce, elle s'était prise dans de la glu collée à la fourche de l'arbre par des braconniers. Cherchant à s'en arracher, elle avait dégagé une patte, mais la deuxième s'était brisée dans ses efforts. Déséquilibrée par sa patte blessée, elle était suspendue dans le pin. Le jeune homme avait trouvé l'arbre grâce à ses cris plaintifs. La femelle restait à proximité de son compagnon blessé, et les cris entendus par Shi Bingde étaient aussi les appels au secours de la femelle. Elle cherchait à couper la branche, mais malheureusement son bec n'avait pas le tranchant d'une hache, et quand Shi Bingde était arrivé, elle n'avait fait qu'une petite entaille et était bien loin de parvenir à ses fins.

Le soir du jour où le jeune homme opéra l'oiseau pour réduire la fracture, ils eurent la visite de la révérende Yunguo. Au premier coup d'œil, elle reconnut l'oiseau blessé comme celui qui avait fait son nid sur le toit du troisième sanctuaire. « Ce n'est pas étonnant, dit-elle, lorsque je suis allée ce matin ajouter de l'huile aux lampes du troisième sanctuaire, je n'ai vu que les trois cigogneaux. »

On voyait qu'elle s'était maquillée, les sourcils noirs bien dessinés et les lèvres fardées de rose. Elle ne portait pas ses chapelets, mais sur sa robe brune de nonne, elle avait épinglé une broche en cristal de roche représentant une fleur de lotus qui brillait de mille feux.

Quand Shi Bingde commença l'opération, Noiraud aurait dû lui servir d'assistant, mais après l'arrivée de Yunguo, Dents de Fer l'appela pour lui dire : « Tu as bien vu Yunguo entrer, elle brûle d'impatience d'aider Shi Bingde, comment peux-tu ne pas t'en rendre compte ?

— Sa broche brille tellement, encore plus que les yeux d'une chouette, j'ai peur qu'en remettant en place la patte de l'oiseau surnaturel, elle ne le rende aveugle ! »

Dents de Fer donna un coup de pied à Noiraud : « Elle porte cette broche pour éblouir Shi Bingde. Les yeux des oiseaux sont bien plus puissants que ceux des humains, ils ne craignent pas la lumière. As-tu jamais vu des oiseaux porter des lunettes noires ? »

Noiraud s'obstina : « J'en ai jamais vu ? Et le hibou des marais aux prunelles jaunes cerclées de noir, il porte bien des lunettes noires ! »

Dents de Fer éclata de rire et lui lança son injure habituelle : « Idiot ! »

Dents de Fer était de bonne humeur, cet été-là. Depuis que sa nièce avait été nommée directrice de l'Office des forêts, quand il retournait en ville, il recevait un accueil chaleureux. En effet, comme il l'avait imaginé, il avait pris de l'importance. Lorsqu'il marchait dans la rue, ses connaissances le hélaient de loin avec un sourire empressé. Au restaurant, les patrons lui offraient des plats, en général les spécialités de la maison, canard à la sauce de soja, poulet salé, oie rôtie, poisson fumé. Aussi, au restaurant, commandait-il symboliquement des plats à vingt centimes, comme s'il lançait un hameçon dans l'eau pour ramener sans peine de délicieux poissons.

Luo Mei soutenait deux grands projets présentés par l'administration forestière, dont Jiang Jinfa tirerait avantage ; elle n'oubliait pas son oncle, elle trouvait des prétextes pour augmenter les subsides de la réserve. Dents de Fer disposait de plus d'argent liquide, et comme il était plus à l'aise, il augmenta le salaire de Noiraud de deux cents yuans, cent pour lui et cent sur le compte au nom de Zhang Shusen. Si Zhang Kuo, la fille de Noiraud, n'en avait pas tiré avantage, elle s'en serait prise à Dents de Fer. Il était persuadé que, lorsque Jiang Jinfa prendrait sa retraite, il lui succéderait comme chef de service et gagnerait un échelon.

Quand Luo Mei avait pris son poste, elle avait rapidement négocié avec les Télécoms et la Compagnie d'électricité pour que, dans un an, la réserve ornithologique de la Jinweng et le temple de la Déesse disposent d'une ligne téléphonique et de l'électricité. Tout le monde vantait son efficacité : le problème sur lequel le précédent directeur s'était cassé les dents, elle l'avait résolu d'un coup de baguette magique. Dents de Fer soignait mieux sa tenue, se tenait plus droit, et les cigarettes qu'il fumait étaient de meilleure qualité. Il allait en ville plus souvent ; de toute façon, il n'avait pas à s'inquiéter puisque Shi Bingde et Noiraud restaient sur place.

Le soir où Shi Bingde opéra la cigogne, le groupe électrogène tomba en panne. Yunguo dit que sans lumière, elle ne pouvait plus lire et qu'elle allait rentrer au temple. C'est ce qu'elle déclara, mais elle ne bougea pas d'un pouce, et Dents de Fer, voyant la situation, avança qu'ils pouvaient très bien bavarder sans électricité.

Souriant doucement, Yunguo s'assit avec plaisir au milieu des trois hommes et se mit à parler du temple : « La fête du 15 de la septième lune pour l'apaisement de l'âme des défunts est proche. La femme du secrétaire Qiu Deming est venue au temple faire des offrandes ; elle a raconté que son mari rêvait toutes les nuits de son père décédé ; tantôt plongé dans un bourbier, il appelait au secours, tantôt il cherchait à échapper à une mer de feu. Couvert de haillons, amaigri par la faim, il se plaignait de n'avoir ni toit, ni nourriture, ni bois pour faire du feu ; sans personne pour lui tenir compagnie, il semblait perdu. La femme de Qiu Deming voudrait que, le jour de la fête des Mânes, notre vénérable Huixue accomplisse une cérémonie spéciale pour que l'âme de son beau-père soit délivrée de ses souffrances et que son esprit se détache de cette vie en vue de sa réincarnation. Mais notre supérieure a déclaré que la cérémonie étant destinée à tous les fidèles, elle ne pouvait pas la consacrer uniquement à maître Qiu, c'était un point sur lequel elle ne pouvait pas faire de favoritisme. La dame a dit, du bout des lèvres, qu'elle comprenait, mais à son départ, elle faisait triste mine et a lancé un regard mécontent à Huixue.

Ces temps-ci, poursuivit Yunguo, Dexiu est dans l'inquiétude. Le temple a reçu beaucoup d'offrandes cette année, et cela a attiré son ex-mari. Il lui a réclamé de l'argent en disant que les troncs destinés aux offrandes étaient de véritables planches à billets qui recevaient des dons quotidiennement; au temple, elle ne manquait de rien et devrait donc lui donner régulièrement trois cents à cinq cents yuans, comme secours aux pauvres; ce serait pour elle une façon d'acquérir des mérites. Dexiu lui a expliqué que chaque tronc était muni de trois cadenas et qu'une seule nonne ne pouvait les ouvrir. Elles devaient toujours être ensemble, chacune avec sa clé, pour ouvrir, compter les dons et les inscrire sur un registre. Et même si elle avait disposé des trois clés, elle ne lui aurait pas donné un centime. La famille avait ses règles, le temple avait les siennes, il n'était pas question de disposer individuellement des offrandes des fidèles. L'homme lui a demandé: “A quoi sert cet argent? Vous le fourrez dans votre poche?” Elle lui a énuméré ses diverses utilisations, entretien du temple, impression de textes religieux, œuvres de bienfaisance. Il a déclaré alors avoir le droit de bénéficier de leurs bonnes œuvres. Après leur divorce, il s'était remarié, sa femme avait eu un cancer de l'utérus, pour la soigner, il avait vendu leur maison, chaque nouveau traitement engloutissait de l'argent ; finalement on ne l'avait pas sauvée et il s'était retrouvé dans la gêne, criblé de dettes. Maintenant veuf, il rejetait la responsabilité de tous ses malheurs sur le mauvais sort que son mariage avec Dexiu avait attiré sur lui ; il lui réclamait donc une compensation financière. Il l'a menacée, si elle ne lui donnait rien, de révéler son secret le plus intime. » Les yeux de Dents de Fer brillèrent, il insista pour savoir quel était le secret de Dexiu, mais Yunguo répondit : « L'homme ne l'a pas dit, et même s'il l'avait révélé, par Amitabha, nous qui sommes hors du monde, nous ne pourrions pas le dévoiler. »

Quand elle eut ainsi parlé de Huixue et de Dexiu, Dents de Fer l'encouragea à parler d'elle-même. Pourquoi s'était-elle retirée dans ce vieux monastère bouddhique ? Fronçant les sourcils, elle répondit : « Entrer en religion, c'est une question de prédestination ; quand le temps est venu, que le fruit mûr va se détacher de l'arbre, personne ne peut l'en empêcher. »

Dents de Fer comprit, à ces mots, qu'il n'en apprendrait pas plus et il n'insista pas. Ils parlèrent d'autre chose, des animaux que l'on apercevait sur les deux rives de la Jinweng, du nombre d'espèces de fleurs bleues, des orages d'été et même de la neige d'hiver. La nuit était tombée sans qu'ils s'en rendent compte.

Personne n'avait remarqué à quel moment Noiraud s'était éclipsé car, où qu'il se trouve, il écoutait attentivement mais intervenait rarement ; qu'il soit là ou non, personne ne le remarquait. C'est seulement quand Yunguo se leva pour partir et que Dents de Fer voulut le charger d'accompagner la nonne qu'ils constatèrent l'absence de Noiraud. Ils sortirent l'appeler, il répondit du pont. On lui demanda d'où il venait. Il arriva à petites foulées, imprégné d'une âcre odeur de sueur, et dit qu'il revenait du temple. Pourquoi y était-il allé ? Pour informer la révérende Dexiu que si son mari revenait lui chercher noise, elle pouvait s'adresser à lui, Noiraud. Il ne pouvait pas laisser humilier la pauvre femme.

« Es-tu fatigué, demanda Dents de Fer, ou peux-tu retourner au temple ? »

Sans attendre sa réponse, Yunguo intervint : « Il n'est pas question de lui imposer un autre aller et retour, il n'a pas les pieds ailés, un deuxième trajet l'épuiserait. » Si Noiraud n'y allait pas, il ne restait que Shi Bingde, mais ce dernier objecta : « Je viens d'opérer la cigogne, il faut que je la surveille régulièrement, je ne peux pas m'absenter. » Et il partit vers l'antenne de recherche. Noiraud tira alors Dents de Fer d'embarras en déclarant : « Je veux bien y retourner. Tout à l'heure, j'ai oublié de recommander à la révérende Dexiu, quand elle ferme la porte du temple le soir, de faire le tour des trois sanctuaires avec une torche pour vérifier que cet homme ne se cache pas dans un coin avec l'intention de fracturer dans la nuit les troncs à offrandes. »

Avec un grand soulagement, Dents de Fer lui dit : « En effet, il faut que tu retournes la mettre en garde, et en même temps, tu reconduiras la révérende Yunguo. »

Sous la vive clarté de la lune, Dents de Fer vit Yunguo faire la moue. Il était convaincu que Yunguo n'était pas une nonne pratiquant sérieusement la religion. Les rumeurs qui couraient sur son compte à Wacheng n'étaient pas sans fondement, semblait-il. Quand elle se fut éloignée, il soupira : « Qui ne parvient pas à se détacher de la frivolité du monde ferait mieux d'y retourner. »

Le jour de la fête des Mânes, Dents de Fer et Shi Bingde partirent pour la ville de très bonne heure, pour y régler des affaires administratives et personnelles. Dents de Fer devait solder la dépense de maïs du mois précédent, puis il irait se recueillir sur la tombe de ses parents. Shi Bingde devait aller au commissariat demander à la police de pourchasser plus sérieusement les braconniers, pour éviter d'autres accidents comme celui de la cigogne ; d'autre part, son directeur de thèse venait de mourir, et ses anciens étudiants dispersés avaient décidé d'organiser une rencontre par Internet le 15 de la septième lune pour rendre hommage à leur maître.

Avant de partir, chacun avait donné des instructions à Noiraud. En ce jour de fête, il y aurait de l'animation au temple et Dents de Fer lui avait recommandé, si des promeneurs se présentaient, de ne pas les laisser entrer dans le chalet, car certains n'étaient pas forcément animés de bonnes intentions, et tout vol serait regrettable ; si certains demandaient à boire, qu'il puise de l'eau dans la jarre et la leur donne dehors. Shi Bingde lui avait confié la cigogne convalescente, qu'il n'oublie pas de la nourrir à midi avec quelques poissons et du maïs et ne la laisse pas manquer d'eau. Et si la femelle venait voir son partenaire, il ne fallait surtout pas le laisser sortir, les deux oiseaux ne devaient pas se rencontrer pour l'instant. Car si la femelle le rejetait à cause de sa blessure, le mâle risquait de ne plus retrouver de famille et de rester solitaire.

Noiraud enregistra toutes ces consignes ; après leur départ, il commença par faire bouillir de l'eau pour les visiteurs qui auraient soif, puis, fermant le chalet à clé, il alla voir la cigogne blessée à la station de recherche. Lorsque l'oiseau le vit entrer, il alla se réfugier en boitant dans le foin entassé dans un coin. Noiraud tenta de s'approcher de lui, mais dès qu'il faisait un pas, l'oiseau lançait un cri d'alarme et ouvrait ses ailes comme pour s'en faire un bouclier. Il fut obligé de s'immobiliser et lui tint ce discours : « Mon bienfaiteur, hâte-toi de guérir. Nous voici déjà au 15 de la septième lune, dans un peu plus d'un mois, le temps fraîchira, ce sera le moment de t'envoler vers le sud avec ta famille. Depuis que tu es blessé, ta femme est venue te voir bien des fois. Elle t'appelait au-dehors, tu l'as entendue, n'est-ce pas ? Ces temps-ci, elle n'est pas venue parce qu'elle apprend à voler à vos enfants. J'ai vu les trois petits, leurs ailes se sont endurcies, ils sont capables de voler très haut. » Comme s'il avait compris, l'oiseau replia ses ailes à demi ouvertes et lança un regard amical à Noiraud, puis il baissa la tête pour picorer dans le foin. Noiraud ajouta de l'eau dans son écuelle, lui jeta quelques grains de maïs et reprit : « Les petits poissons pêchés hier ne sont pas assez frais, je vais aller t'attraper des fourmis pour améliorer ton repas. Les fourmis te donneront des forces et consolideront tes os. » Noiraud était convaincu qu'en mangeant des fourmis, l'oiseau pourrait bientôt s'envoler.

Il referma la porte à clé en sortant et alla attraper des fourmis, un bocal dans sa poche. Le verre transparent lui permettrait de voir combien il en avait pris et le couvercle les empêcherait de se sauver. Il se souvenait de deux souches en décomposition sur une pente douce du côté ouest de la rivière, une souche de pin au pied de laquelle poussaient des armillaires chaque automne, et une souche de bouleau près de laquelle croissaient des polypores. C'était un beau cadeau de la nature, à chaque automne, il allait en cueillir pour les manger tout frais. Les fourmis aimaient faire leur nid dans ces souches et on pouvait en prendre des quantités ; surtout avant un orage, car elles se rassemblaient alors en paquets faciles à ramasser. Ce jour-là, le temps était clair, mais Noiraud savait s'y prendre pour les capturer. Il commença par la souche de bouleau, cassa une grosse tige d'armoise, puis, avec une pierre pointue qu'il gardait toujours dans sa poche, il arracha un morceau d'écorce à un bouleau, badigeonna régulièrement la tige d'armoise avec la sève de bouleau collante et sucrée, et la ficha profondément dans la fourmilière. Après deux ou trois minutes, il ressortit le bâton tout couvert de fourmis d'un noir brillant ; il ne lui restait qu'à le placer à l'entrée du bocal et à le secouer pour que les fourmis tombent à l'intérieur. Il renouvela cette chasse au trésor une dizaine de fois jusqu'à ce que son bocal soit plein. Il repartit tout joyeux, il aurait voulu chanter mais il ne savait pas, il se contenta de grommeler, si bien que des gens qui ne le connaissaient pas auraient pu croire qu'il était blessé.

Après avoir nourri la cigogne, il fendit du bois, balaya la cour, fit sa lessive, et voyant le soleil proche du zénith, rentra dans le chalet puiser de l'eau pour se préparer un bol de nouilles. Il venait d'allumer le feu quand il entendit des pas lourds venant de la cour, *ploc ! ploc !*, sans doute des pas d'homme, mais quand il se retourna, il découvrit la nonne Dexiu. En ce jour de fête, elle ne portait pas sa robe ordinaire de couleur sombre, mais une robe d'un jaune lumineux, comme si elle avançait sur une boule de feu. Son front ruisselait de sueur, ses souliers étaient boueux, elle avait dû faire le trajet à la hâte. Quand elle vit Noiraud, comme si, dans son amertume, elle retrouvait un ami perdu de vue depuis longtemps, elle lui raconta en pleurant convulsivement que pendant la cérémonie au temple, devant les fidèles assemblés, son ex-mari était venu faire un scandale. Cette fois, il ne lui avait pas demandé l'argent déposé dans les troncs par les visiteurs ; il portait un vieux vêtement gris, une musette de toile kaki en bandoulière, comme un mendiant. Il s'était prosterné jusqu'à terre devant les visiteurs en racontant qu'il avait vendu sa maison pour soigner sa femme malade, qu'à présent il n'avait plus ni femme ni argent, plus de logis, rien à manger, pas de veste ouatée pour l'hiver ; il était allé se vendre au mont-de-piété, mais comme il ne valait pas un clou, personne ne voulait de lui. Il n'avait vraiment plus de quoi vivre, il implorait l'assemblée de l'aider à sortir de cette mauvaise passe, sinon il se pendrait dans le temple de la Déesse. Les visiteurs qui le connaissaient, le sachant sincère, lui avaient donné de trente à cinquante yuans. Ceux qui ne le connaissaient pas, les migrateurs venus du sud, plus fortunés, lui avaient donné cent ou deux cents yuans. A la fin de la matinée, sa musette était gonflée, il avait récolté au moins deux à trois mille yuans. Il avait complètement perturbé la solennité de la cérémonie en tenant le rôle principal et ravalant la vénérable Huixue au rang de personnage secondaire.

En racontant son malheur, Dexiu essuyait ses larmes, reniflait, de plus en plus malheureuse. Elle avait cru qu'en entrant dans les ordres, elle éviterait tous les ennuis du monde, elle ne se doutait pas qu'au monastère, on n'était pas au ciel mais parmi les hommes, on ne rompait pas avec la vie quotidienne, on ne trouvait pas la paix. Si elle avait su, elle ne se serait pas rasé le crâne pour devenir nonne.

Après avoir entendu son récit, Noiraud, furieux contre cette canaille, éteignit le feu en y jetant de l'eau, prêt à fermer le chalet pour aller au temple châtier le trouble-fête.

Dexiu l'arrêta : « La fête est terminée, il est reparti en ville avec l'argent récolté. Après ce scandale, comment pourrais-je rester au temple ? A chaque fête, il risque de venir mendier. Maître Zhang, dites-moi, comment puis-je être aussi malheureuse, sans trouver la paix ni au temple ni à l'extérieur ! Plutôt que de franchir la porte du monastère, j'aurais bien mieux fait de trouver un arbre pour me pendre !

— Par Amitabha, s'écria Noiraud, vous qui vous êtes consacrée au Bouddha, vous ne devriez pas dire une chose pareille ! A l'avenir, quand il y aura des cérémonies au temple, j'irai monter la garde pour vous, et si je le vois, j'essaierai de le convaincre qu'un homme qui a deux bras et deux jambes attire la honte sur lui s'il ne travaille pas pour gagner sa vie, et que les autres le mépriseront. S'il ne m'écoute pas, j'emploierai la force, je le battrai comme plâtre, et on verra bien s'il ose encore vous provoquer. »

Dexiu regarda Noiraud à travers ses larmes : « S'il ne vient pas faire du scandale, je pourrai continuer ma vie retirée au temple, mais s'il dévoile le secret que je porte sur mon corps, je n'y survivrai pas.

— Quel secret ? » demanda Noiraud ébahi.

Dexiu soupira, s'essuya les yeux et demanda où étaient Dents de Fer et Shi Bingde. Noiraud lui apprit qu'ils étaient allés en ville. « Bon, dit-elle doucement et, reprenant son souffle, elle retira le bois mouillé du foyer, le remplaça par du bois sec et fit un feu pour lui cuisiner des nouilles.

Quand le feu eut pris, les flammes, tels des lis sauvages, s'agitèrent comme si elles étaient vivantes avec des crépitements rappelant des applaudissements.

Elle versa un peu d'huile de soja dans la casserole, lorsqu'elle fut chaude, elle y fit revenir des oignons hachés, puis versa une louche d'eau froide pour les faire mijoter, déclenchant une sorte de cri de joie dans la casserole. A cet instant, le bouillon semblait la voûte céleste, les perles d'huile y flottaient comme des étoiles, égayant la scène. Cela faisait ressortir l'air émouvant de Dexiu, semblable à une bougie dont la flamme vacille, elle irradiait la lumière, avec une ardeur pleine de séduction. Noiraud brûlait d'envie de la prendre dans ses bras, mais songeant que, puisqu'elle appartenait au temple de la Déesse, elle était inaccessible, il se détourna et cracha à terre pour marquer son mépris à l'égard de cette vilaine pensée. Malgré cela, lorsqu'il se retourna pour la regarder, le moindre mouvement de ses reins, de ses fesses tendant les plis de sa robe de nonne, lui mettait les sens en émoi. Incapable de se maîtriser, il s'écria : « Par le Ciel, je n'en peux plus » et il l'enlaça. Dexiu frémit, sans se retourner, elle le repoussa à coups de coudes. D'abord à grands coups auxquels Noiraud résista en silence, il attendait que ses forces faiblissent. Quand elle fut épuisée, les bras ankylosés, incapable de se défendre, elle se laissa aller peu à peu, et Noiraud, l'étreignant étroitement, l'emporta dans la chambre sur le *kang*, où ils se livrèrent à l'acte auquel ils avaient longtemps résisté. Dans l'action, peur, honte et joie mêlées les faisaient trembler sans cesse.

Ils n'avaient ni fermé la porte à clé ni tiré le rideau devant la fenêtre. Les rayons de soleil éclairaient leurs corps dévêtus après le plaisir, tels deux pins fraîchement abattus, dans un profond silence et une douloureuse beauté. Dexiu était tournée de profil vers la tête du *kang* et Noiraud était blotti contre elle ; il se mit à lui caresser la tête, avec une extrême tendresse, une extrême douceur, comme il aurait caressé la porte de sa maison quittée depuis longtemps ; ses doigts glissèrent légèrement du haut du corps jusqu'en bas. Quand il effleura ses fesses, il sentit sur la fesse gauche des marques irrégulières, il regarda attentivement, il y avait là un caractère marqué au fer rouge, on aurait dit 钱, « l'argent ». Il allait lui poser la question quand Dexiu, consciente de l'endroit où ses doigts s'étaient arrêtés, comprit qu'il avait touché le caractère et elle lui expliqua que là se trouvait le secret de son corps que son ex-mari menaçait de révéler. Sa mère était une femme légère toujours prête au plaisir mais répugnant au travail, et quand son mari était à la maison, elle l'accablait de reproches. L'été de ses six ans, la petite avait surpris sa mère en train de faire l'amour avec un menuisier du village voisin dans la remise où se trouvait la meule. L'homme avait cinq garçons, mais pas de fille, et il aurait bien voulu adopter la petite. C'est pourquoi il n'eut pas peur quand elle les surprit, il dit que c'était une rencontre prédestinée, il la prit sur ses genoux et sortit de sa poche un bonbon pour elle. Gourmande, elle mangea le bonbon sans hésiter. Quand l'homme fut parti, sa mère entra dans une colère noire et traita de garce innée cette fille qui osait s'asseoir sur les genoux d'un inconnu sans aucun respect des usages. Pour la punir, elle la ligota, et avec une aiguille à tricoter portée au rouge, elle lui tatoua sur une fesse les traits du caractère 贱, « méprisable ». Dexiu pensait que tous ses malheurs venaient de ce caractère marqué au fer rouge. Noiraud, pris de colère, lui demanda :

« C'est vraiment ta mère qui t'a fait ça ?

— Oui. Peut-être aurait-elle voulu me rendre aveugle, mais comme elle n'a pas osé, elle m'a fait cette marque sur la fesse. Une fille ne montre pas ses fesses, même mon père ne l'a jamais su. Voilà pourquoi je n'ai pas versé une larme à la mort de ma mère. »

Tout en caressant le caractère, Noiraud murmura : « Et moi qui ai cru que c'était le caractère *qian* 钱 qui désigne l'argent ! »

C'était une terrible douleur pour Dexiu, mais les paroles de Noiraud déclenchèrent, malgré elle, un rire triste. « Je ne peux pas t'en vouloir, dit-elle, les deux caractères 钱 et 贱 se ressemblent.

— Et si je t'aidais à transformer le caractère 贱 en 钱 ?

— Ce n'est pas comme un caractère écrit au tableau noir que l'on peut effacer et réécrire. Je ne veux pas subir une autre épreuve. » Elle se retourna vers Noiraud, tremblante : « Cette fois, je suis perdue, j'ai enfreint l'interdit de celle qui se consacre au Bouddha. Si la vénérable Huixue l'apprend, elle sera obligée de me chasser du monastère. Il doit y avoir une sanction pour ce que nous avons fait.

— Quelle sanction ? bégaya Noiraud.

— Peut-être serons-nous foudroyés, dévorés par un loup, attaqués par un tigre, peut-être étouffés par un serpent venimeux, ou défigurés par la grêle. En tout cas, cela ne peut que nous attirer de graves ennuis.

— J'ai faim. Mangeons d'abord avant d'envisager quelles sanctions nous menacent. » Noiraud se rhabilla puis alla aux latrines. Dexiu se leva après lui. Quand elle enfila sa robe, elle eut l'impression que le vêtement la brûlait. Elle alla à la cuisine rajouter de l'eau dans la casserole dont presque tout le contenu s'était évaporé, remit du bois dans le feu et fit cuire les nouilles. Noiraud en avala deux grands bols tandis qu'elle n'en mangeait qu'un petit bol. Ils allèrent ensuite s'asseoir devant la porte, abattus, pour observer le ciel.

La voûte céleste, limpide auparavant, roulait à présent de noirs nuages. Ils s'épaissirent, le tonnerre gronda. Ils crurent que le ciel allait les châtier, ils se prirent par la main. A la lueur des éclairs, leur visage était livide, dans leurs yeux effrayés se lisait la certitude qu'ils vivaient leur dernier jour.

16

Depuis que Noiraud avait couché avec Dexiu, à chaque orage, il s'asseyait dans la cour, sobrement vêtu, attendant d'être foudroyé. Quand il allait nourrir les oiseaux, s'il rencontrait un serpent dans l'herbe, il ne cherchait pas à l'éviter, persuadé que l'animal allait s'enrouler autour de sa taille. La nuit, s'il entendait les hurlements des bêtes sauvages, il pensait qu'elles venaient le dévorer ; il sortait dans la cour, torse nu, juste en caleçon ; s'il était la proie d'un loup ou d'un tigre, cela simplifierait les choses, ils n'auraient pas à déchirer ses vêtements, autant qu'ils servent à habiller de pauvres gens. Mais la foudre ne frappait que les nuages noirs, le serpent préférait les grenouilles, le loup devait avoir trouvé une proie pour apaiser sa faim, et après quelques hurlements, la Jinweng retrouvait le calme de la nuit.

Comme Noiraud, Dexiu sentait rôder la mort. Elle avait beaucoup maigri, perdu de la poitrine et des fesses ; on voyait davantage les os saillants de ses pommettes et de ses hanches. Sa robe, auparavant trop tendue dans le dos, flottait sur elle maintenant. Quand elle se réveillait le matin, en se découvrant encore en vie, elle respirait profondément : le Bouddha l'avait épargnée cette nuit encore. Elle secouait énergiquement draps et couverture au soleil, convaincue que sa souillure les polluait. Elle entrait dans chaque sanctuaire, une serviette humide à la main, pour essuyer la poutre du seuil qu'elle venait de franchir, redoutant que son corps de pécheresse ne la salisse. Elle consacrait plus de temps et mettait plus de ferveur à l'oraison du matin et à la méditation, assise en tailleur. Elle accordait plus de soin qu'avant à la préparation des repas, au travail du potager et au balayage des sanctuaires. Elle parlait de plus en plus bas, mangeait de moins en moins, car la violation de la règle lui interdisait de parler fort, de consommer des céréales, de rendre un culte au Bouddha, et même de vivre.

Les rats sévissaient dans le temple comme dans les habitations. Pour éviter de tuer des êtres vivants, les nonnes n'utilisaient pas de mort-aux-rats ni de pièges. A la morte-saison, ils restaient tranquilles, faisant juste des incursions discrètes dans la cuisine, et comme un voleur refusant de partir les mains vides, ils mangeaient ce qui leur tombait sous la dent. Quand le nombre de visiteurs grimpa en flèche, les offrandes déposées devant les Bouddhas augmentèrent. Outre des fleurs et des fruits, les fidèles offraient aux divinités toutes sortes de douceurs : croquants aux noix, merveilles de riz glutineux, biscuits, gâteaux à la pâte de soja, beignets, massepains aux jujubes… Attirés par l'odeur, les rats dansaient de joie ; ils grimpaient sur les autels bousculer et manger ces gâteaux, mais le pire, c'est qu'ils renversaient parfois les veilleuses, laissaient leurs crottes sans vergogne, se conduisant sans foi ni loi.

Ces rats causaient de grands soucis à la vénérable Huixue qui eut l'idée d'un plan habile pour s'en débarrasser : consommer rapidement les offrandes déposées devant les Bouddhas. Cependant, à elles trois, elles ne pouvaient tout manger, aussi envoya-t-elle Yunguo donner une partie de ces gâteaux aux hommes de la réserve ornithologique.

Dans l'antenne de recherche qui jouxtait le chalet, Shi Bingde avait été remplacé par un jeune homme nommé Cao Lang. A peu près du même âge que son prédécesseur, c'était un maigrichon aux yeux petits, nez épaté, minces lèvres violettes, oreilles décollées et crâne rasé : on aurait dit un diablotin. Il passait son temps à se plaindre, n'était jamais de bonne humeur et n'attirait guère la sympathie.

Yunguo était venue une fois à la réserve après le départ de Shi Bingde, et lorsqu'elle avait découvert le nouveau chercheur au laid visage chafouin, elle avait été fort désappointée. Elle apportait le sutra *Amitayurbhavana*, avec l'intention de profiter de la lumière du groupe électrogène pour le lire, mais sans attendre la nuit, elle sembla se rappeler soudain que c'était le soir où, toutes les trois, elles faisaient l'inventaire du contenu des troncs aux offrandes, et se hâta de rentrer au temple. Par la suite, ils ne la revirent plus.

Lorsque Huixue voulut l'envoyer porter des gâteaux à la réserve, elle prétexta qu'elle se sentait sans forces et que ses cors aux pieds lui interdisaient de longs trajets. Elle ne mentait pas, elle avait très mauvaise mine ces temps-ci ; aux repas, elle était souvent distraite, le regard fixe, ses baguettes ne cessaient de remuer dans le bol sans arriver à sa bouche. Quand elle allait rajouter de l'huile dans les lampes, elle bâillait. Elle ne portait plus ses colliers et ses bracelets multicolores, mais seulement un chapelet de graines d'éveil. Elle avait maigri, elle aussi, mais pas autant que Dexiu.

Huixue fut obligée d'envoyer Dexiu porter le surplus des offrandes à la réserve. Cette dernière était en train d'éplucher des haricots verts au réfectoire quand la nouvelle qu'on l'envoyait là-bas la fit chanceler ; une fois assise, elle releva la tête, interdite. La maigreur de son cou le faisait paraître encore plus long. « Si Yunguo ne peut y aller, dit-elle, je peux le faire. Mais si j'emporte ces gâteaux, les rats ne vont-ils pas me suivre tout le long du chemin en gémissant comme pour un enterrement ? »

Huixue se rendait compte que les deux nonnes étaient un peu dérangées, surtout Dexiu qui proférait des absurdités comme Noiraud. Quand elle voyait des nuages noirs dans le ciel, elle disait que la Mère Tonnerre pondait ; quand elle apercevait les cigognes sur le toit du troisième sanctuaire, elle disait qu'elles cachaient peut-être un couteau sous leurs ailes ; quand elle entendait des bruits étranges dans la forêt, elle se jetait au sol et se prosternait en disant qu'on venait la chercher ; quand elles relevaient les offrandes déposées dans les troncs, elle disait des billets de toutes les couleurs que c'étaient des feuilles qui tombaient.

Au crépuscule, après le départ des visiteurs, le temple retrouva son calme. Dexiu ferma la grande porte, balaya les trois sanctuaires, avala un demi-bol de bouillie et se mit en route avec les gâteaux. Par habitude, elle leva la tête pour observer la fumée qui s'élevait de l'autre rive, une épaisse fumée annonçant la préparation de leur repas par les hommes. Elle décida de traîner en chemin pour arriver quand ils auraient fini de manger ; ainsi, elle n'aurait pas à sentir les odeurs de viande et de poisson. Depuis qu'elle était nonne, dans sa conscience, ces odeurs étaient le fouet de la mort.

Elle n'avait pas pris son bâton, estimant qu'une pécheresse comme elle ne méritait pas de se protéger. Pour passer le temps, elle descendit dans le fossé regarder les fleurs. Dans l'herbe épaisse, les fleurs des champs s'ouvraient en silence. Rouges, violettes, roses et blanches, grandes ou petites, en touffes ou isolées, quelles que soient leurs formes et leurs couleurs, elles paraissaient sans souci, occupées à s'épanouir. Elle, en revanche, toujours en train de remuer de sombres pensées, semblait frappée par le givre. Elle songea que le jour où elle mourrait, elle aimerait se réincarner en fleur. Elle partageait sa passion des fleurs avec les papillons qui voltigeaient de-ci de-là. Leurs ailes, de toutes les couleurs de l'arc-en-ciel, étaient aussi bariolées que les jupes des jeunes filles ; comme s'il était au bal, après une danse légère avec une capucine, un papillon s'engouffra dans une salicaire, et quelques instants plus tard, s'envola vers un géranium sauvage qu'il frôla du bas de sa robe. Avant cela, Dexiu ne remarquait que la beauté et la liberté des papillons, elle ne se doutait pas qu'ils étaient aussi charmants ! Il étreignit celle-ci, embrassa celle-là, n'était-ce pas contraire aux principes bouddhiques ? Finalement, qu'ils violent ou non ces principes, se dit-elle, leur vie est brève. En plein automne, leur robe colorée tombe en morceaux, ils ne volent plus, se traînent dans les bois comme des chenilles, tout tremblants, dans l'attente de la mort. En somme, ils profitent sans frein de leur jeunesse au printemps et réservent leur courage pour la mort, comment ne pas leur pardonner ? Même elle qui se repentait de l'acte commis avec Noiraud, elle ne pouvait s'empêcher, dans le calme de la nuit, de repenser aux sensations de ce jour-là, à l'odeur musquée de ce vigoureux corps d'homme.

Son cœur s'épanouit à cette pensée, et lorsqu'elle découvrit sur un iris une goutte de rosée, elle en fut stupéfaite ! Elle était sûre que c'était une rosée bienfaisante, car le soleil était sur son déclin mais l'heure de la rosée du soir n'était pas encore venue. Elle avait entendu dire par un laïc religieux revenu de pèlerinage que les insectes absorbaient le nectar de nombreuses plantes qu'ils distillaient et dont ils rejetaient la quintessence sous forme de rosée bienfaisante.

A la pensée que cette rosée était un don du ciel pour la libérer de sa souffrance, elle se pencha pour l'aspirer. Cette goutte de cristal transparent éclairée par les derniers feux du soleil répandait des éclats d'ambre. Elle avança la langue, mais elle allait l'atteindre lorsque celle-ci se mit en mouvement, glissa le long d'une nervure et se perdit dans l'herbe. Sa chute fut pour Dexiu plus remarquable que le coucher du soleil, elle entendit distinctement un léger bruit en écho. Elle en conclut que le Bouddha ne voulait pas lui faire grâce et se redressa en larmes, l'esprit égaré.

Hébétée, elle resta assise dans l'herbe jusqu'au coucher du soleil et ne se releva que lorsque l'ombre eut atténué la couleur des fleurs. Elle poussa un profond soupir en franchissant le pont du Croissant de Lune.

Lorsque le deuxième quartier de lune parut, Noiraud et Cao Liang étaient assis dans le chalet familier, Dents de Fer était parti à la ville.

Quand les regards de Dexiu et de Noiraud se rencontrèrent, tous deux eurent un sursaut en découvrant qu'ils étaient encore en vie, qu'ils n'avaient pas été punis par le Ciel ; puis chacun s'exclama douloureusement en lui-même : « Comment l'autre a-t-il pu maigrir autant ? »

Cao Liang voyait Dexiu pour la première fois, à sa robe de nonne, il comprit qu'elle venait du temple de la Déesse. Il n'était pas comme Shi Bingde qui était allé à plusieurs reprises au temple étudier les cigognes et connaissait bien les nonnes. Cao Liang détestait son travail de recherche, et après le départ de son prédécesseur, il ne s'était pas intéressé à la vie des oiseaux du bassin de la Jinweng. Il avait même libéré la cigogne blessée en disant que si elle ne retrouvait pas sa capacité à se nourrir par elle-même, si elle n'était pas exposée au mauvais temps avant l'arrivée de l'hiver, elle ne pourrait pas suivre les autres dans leur migration. A son avis, si on la laissait enfermée dans la station de recherche, ses ailes seraient trop faibles pour la porter dans le ciel, même si elle était guérie. L'oiseau, qui volait difficilement à cause de sa blessure, était allé se poser sur l'autre rive de la Jinweng. Noiraud lui lançait de la nourriture tous les jours et la femelle venait souvent le voir avec les petits cigogneaux.

Dents de Fer trouvait que Cao Liang, même s'il n'aimait pas vivre dans la nature, comprenait mieux les oiseaux que Shi Bingde. Un jour où il avait trop bu, il avait révélé à Dents de Fer ce qu'il avait sur le cœur : Shi Bingde venait d'une famille en vue, aisée, il recherchait la renommée, était avide de succès ; la création de l'antenne de recherche visait à ajouter une page brillante à son palmarès. Il avait lancé le projet pour y envoyer ensuite les membres de son groupe de recherche. Ils devaient lui rendre compte régulièrement des résultats concrets de leur travail, et même si les réussites appartenaient au groupe, il les faisait siennes. Après une victoire, on se souvient du général qui l'a remportée, mais qui se souviendrait des soldats qui sont montés à l'assaut et se sont emparés de la position ? Mécontent, Cao Liang avait décidé de tenir deux mois, et si personne ne venait le relayer à l'automne, il rentrerait. A chaque voyage à Wacheng, il envoyait des courriers et des textos à Shi Bingde pour lui demander s'il devait rentrer, disant que chacun devait venir à tour de rôle profiter de ce paradis sur terre. Il traitait tous les fonctionnaires de Wacheng de bons à rien qui avaient créé la réserve ornithologique sans la doter d'électricité ni de téléphone. Dans la société actuelle, c'était une attitude suicidaire qui vous isolait du monde. Il aimait aller en ville poster du courrier, consulter le médecin, et même prendre un bain, se faire couper les cheveux : tous les prétextes étaient bons. Il se plaignait que le temple voisin n'abritât que des nonnes qu'il n'osait pas solliciter, sinon il aurait pu jouer aux cartes avec elles et s'amuser pour chasser l'ennui. La nonne Yunguo ne l'aimait pas, il voyait bien qu'elle le regardait avec le mépris d'une femme riche envers un mendiant, l'air hautain, le regard dédaigneux, avec une moue dégoûtée, comme s'il était une crotte de chien. Si on mettait de côté sa robe de nonne et sa tête rasée, elle n'était pas différente des filles de la ville qui cherchaient à attirer l'attention par vanité. Il ne voyait aucune pureté en elle. Aussi lui manifestait-il du mépris, la lorgnant du coin de l'œil en faisant la moue.

Pourtant, cette fois, la nonne venue du temple était différente de Yunguo : d'apparence banale, elle avait un visage honnête, parlait avec la même naïveté que Noiraud, disait ce qu'elle pensait ; il y avait de quoi rire. Une fois entrée, elle s'assit, posa les gâteaux qu'elle apportait, puis elle s'étonna : « Pourquoi la lune se montre-t-elle toujours en quartier ? Au cours du mois, elle n'est pleine que peu de temps, alors que l'on ne voit jamais le soleil en quartier, mais toujours un disque complet. Qui a jamais vu un demi-soleil ? Sauf quand il est caché derrière les nuages ou que le chien céleste le mange !

— C'est que le soleil est masculin, répondit Noiraud, il est plein d'énergie, la lune est féminine, chaque mois, elle perd son sang quelques jours, comment pourrait-elle ne pas décroître ? »

Ces paroles firent rire Cao Liang à se tenir les côtes ; il avait l'impression d'être en présence de deux extraterrestres.

Cao Liang fit du thé, il mangea des gâteaux dont il vanta la saveur. Après avoir bu une demi-tasse, Dexiu retrouva ses esprits. Elle demanda à Cao Liang :

« Où les cigognes qui ont niché au temple iront-elles passer l'hiver ?

— Elles iront peut-être au lac Poyang au Jiangxi, peut-être à Hongkong, peut-être en Inde ou au Japon là où il y a des sources chaudes ; en tout cas, elles choisiront l'endroit qui leur conviendra. De toute façon, il n'y a pas de douane dans le ciel, elles peuvent aller où elles veulent.

— De véritables Immortelles… » s'émerveilla Dexiu.

Puis elle dit à Noiraud que la lune baissait à l'ouest, il était temps qu'elle rentre au temple. Il lui reprocha de ne pas avoir pris son bâton, c'était risqué de rentrer seule, il allait la reconduire. Elle acquiesça gracieusement.

Quand ils arrivèrent au pont du Croissant de Lune, Noiraud lui dit en confidence qu'il ne mourrait pas, car le busard qui portait le nom de Shusen était mort, il avait vu un rapace le manger. Sans doute que l'oiseau, sachant que le Bouddha allait le punir, était mort à sa place. Il suggéra à Dexiu de donner son nom à un oiseau, ainsi resterait-elle en vie. Il énuméra les oiseaux qui pouvaient servir de nourriture aux rapaces, martinets, rossignols, sizerins, pics. Qu'elle en choisisse un, il irait l'attraper en forêt, et quand il l'aurait trouvé, on lui donnerait le nom de Dexiu.

La nonne ignorait qu'il existait un busard nommé Shusen, de même qu'elle ignorait que tel était le vrai nom de Noiraud. Cependant, elle ne voulait pas donner son nom à un oiseau qui perdrait la vie pour elle, ce serait tuer un être vivant. Noiraud n'insista pas, il se contenta de lui dire que, si elle sentait sa mort proche, elle n'avait qu'à courir le retrouver. Si elle était frappée par la foudre, il détournerait la foudre sur lui, si un serpent s'enroulait autour d'elle, il le saisirait à la gorge, il était prêt à mourir pour elle.

Dans son émotion, Dexiu saisit Noiraud par le bord de sa veste en lui demandant : « Quand le châtiment va-t-il tomber sur nous ?

— Notre crime n'est peut-être pas assez grave, peut-être faudrait-il recommencer. » Ce disant, il attira la main de Dexiu qui s'était accrochée à sa veste et la serra avec force. Elle s'efforça tout d'abord de la lui arracher, cherchant à se libérer, mais elle était incapable de l'emporter sur la force de Noiraud, elle ne pouvait résister au magnétisme de sa grande main, alors elle desserra la sienne, se laissa faire docilement, brindille tiède dans sa paume puissante. Il la prit fermement dans ses bras, descendit sous le pont, et sur le sol humide, ils renouvelèrent avec frénésie la faute de la première fois. Etroitement enlacés, ils laissaient échapper de légers murmures comme une source jaillissante, troublant insectes et oiseaux des alentours, chuchotant des mots indistincts. L'œil posé sur la demi-lune qui glissait vers l'ouest, Dexiu faisait entendre des gazouillements, comme en réponse aux chants des insectes et des oiseaux. Sous leurs corps, les joncs aux longues tiges, les sagittaires aux feuilles en forme de cœur, la mousse, les feuilles tendres ou résistantes, coriaces ou fragiles, étaient écrasées, le cœur brisé, pourtant elles acceptaient leur sort sans regret, car elles recevaient pluie et rosée inconnues pour elles jusqu'alors, nées de corps humains, plus puissantes que pluie et rosée de la nature et d'une saveur toute différente.

17

Au début de l'automne, il y eut un coup de théâtre à Wacheng : quatre personnes qui diffusaient la légende des oiseaux migrateurs furent arrêtées par la police après un repas au restaurant *A votre goût.*

C'était trois hommes et une femme ; il y avait un cordonnier et un chauffeur de taxi, ainsi que la patronne d'un magasin d'audiovisuel, qui étaient des gens du cru ; le quatrième, le peintre pensionnaire de Zhang Kuo, avait été amené en taxi. Le chauffeur de taxi connaissait bien le cordonnier et la femme dont il était client. Et comme le peintre faisait souvent appel à lui, ils étaient familiers. Il allait justement être midi, et le peintre lui avait demandé quelle spécialité culinaire on pouvait découvrir à Wacheng. Le chauffeur de taxi lui avait vanté les raviolis à la viande d'âne du restaurant *A votre goût* et ils s'y étaient rendus ensemble. Ils étaient entrés les uns derrière les autres, et puisqu'ils se connaissaient, ils s'étaient installés à la même table ; chacun avait commandé une variété de raviolis, ils avaient pris une bouteille d'alcool de sorgho avec des cacahuètes et de fines tranches de bœuf comme amuse-gueule, et ils s'étaient mis à manger et à boire allègrement.

C'était le chauffeur de taxi qui avait abordé le sujet, en racontant que les migrateurs de retour cette année avaient apporté la foudre sous leurs ailes et qu'ils avaient pour cible les génies malfaisants. Le cordonnier déclara que la foudre ne présentait aucun intérêt ; s'ils avaient rapporté des pièces d'or, il aurait pris une cassette pour aller les ramasser chaque jour. Au cours de la discussion, ils avaient bien sûr mentionné maître Qiu, on disait que depuis la mort de son père, Qiu Deming souffrait de dépression et d'insomnie ; un vieux praticien de la clinique de médecine traditionnelle allait quotidiennement lui faire de l'acupuncture et lui poser des moxas, sans résultat. On le voyait amaigri, le teint livide, aux informations à la télévision ; on aurait dit un réfugié. Ils présumaient que le vieux Qiu était mort de la grippe aviaire mais qu'on n'osait tout simplement pas le dire ouvertement. Ils discutaient librement, sans se préoccuper le moins du monde de l'entourage. Le secrétaire adjoint de la Commission politique et judiciaire de Wacheng déjeunait près d'eux ; il avait toujours cherché à avoir de l'avancement. Il se dit que maintenant que Qiu Deming, devenu secrétaire du Parti, avait autorité sur les fonctionnaires, il serait sûrement touché de voir quelqu'un défendre sa dignité et que cela favoriserait son propre avancement ; il téléphona donc au sous-chef du bureau de la branche locale de la Sécurité publique. Une heure plus tard, quand, ayant réglé leur note, ils sortirent après leur bon repas, des agents de la Sécurité publique les arrêtèrent pour troubles à l'ordre public : ils avaient violé la loi en diffusant volontairement de fausses nouvelles alarmantes.

La nouvelle de leur rencontre au restaurant, de leur discussion sur les oiseaux migrateurs, de leurs racontars sur le secrétaire Qiu et son défunt père, puis de leur arrestation, se répandit comme une traînée de poudre. Les familles des quatre bavards, aussitôt informées, se précipitèrent au commissariat pour réclamer leur libération. La femme du cordonnier disait en sanglotant et en se tordant les mains que le travail de son mari faisait vivre trois générations ; si son homme restait en prison, comme elle ne savait pas ressemeler les souliers, ils n'auraient plus rien à manger et elle viendrait se pendre au commissariat. Le mari de la commerçante s'avéra encore plus difficile à affronter : c'était un solide gaillard, entrepreneur de construction, jamais à jeun ; il arriva ivre, une barre de fer à la main, proclamant qu'il écraserait les couilles de quiconque oserait toucher un seul cheveu de sa femme. La femme du chauffeur de taxi, qui était infirmière, gardait son calme, mais son frère, patron de l'abattoir, qui employait surtout d'anciens détenus, arriva avec trois hommes prêts à en découdre. Quant au peintre, sa logeuse Zhang Kuo, qui avait déjà donné du fil à retordre aux policiers, vint crier à l'injustice pour lui ; elle déclara que le peintre étant son pensionnaire, elle devait se porter à son aide s'il avait des problèmes, insistant sur le fait qu'un jour de détention pour lui, c'était un jour de pension en moins pour elle, et que le commissariat devrait l'indemniser.

Ce rassemblement de protestataires devant le commissariat de la rue Fuzhao, une artère très animée, juste à l'heure de la reprise du travail en début d'après-midi, attira de nombreux badauds et provoqua un embouteillage. Le secrétaire du Parti Qiu fut rapidement informé de ce soudain rassemblement. Le secrétaire adjoint de la Commission politique et judiciaire locale fit un exposé détaillé où, pour s'attirer les bonnes grâces de Qiu Deming, il déclarait que pour protéger sa réputation, il était absolument interdit à quiconque de le diffamer. A la suite de ce discours, Qiu Deming, hors de lui, exigea la libération immédiate et sans conditions des quatre individus incarcérés. Il convoqua sur-le-champ une réunion de travail d'urgence pour maintenir la stabilité sociale où il critiqua nommément les deux responsables impliqués dans cette affaire ; il déclara par ailleurs que ceux qui colportaient des légendes sans fondement sur les oiseaux migrateurs nuisaient au développement économique et à l'harmonie sociale ; étant donné la situation, le service de la propagande devait montrer l'exemple.

Malgré la libération rapide des quatre emprisonnés, une sourde inquiétude se propagea dans la population ; on n'osait plus aborder la légende des oiseaux migrateurs dans les lieux publics, et encore moins discuter des dirigeants de Wacheng.

C'est le restaurant de raviolis *A votre goût* qui souffrit le plus de cette affaire ; il perdit beaucoup de clients. On racontait que le patron, pour gagner les faveurs des autorités, avait installé des micros sous les tables, ce qui avait causé des ennuis à sa clientèle ; on ne se doutait pas que le dénonciateur était le secrétaire adjoint de la Commission politique et judiciaire. La patronne du restaurant, ulcérée par cette accusation injustifiée, n'hésita pas à enregistrer cette annonce qu'elle faisait diffuser régulièrement par haut-parleur à la porte du restaurant : « Honorables clients, le restaurant *A votre goût* reste fidèle à votre service. Si nous n'étions pas capables d'assurer votre sécurité, nous serions des fils de chienne ! D'où que vous veniez, si vous entrez affamés chez nous, vous serez traités en amis. Nos raviolis réchaufferont vos entrailles, donneront de l'énergie aux hommes, rendront les femmes encore plus aimables, ils apporteront du bonheur à votre vie. Venez donc, chers amis ! »

Pourtant, malgré cette voix qui résonnait dans la rue de la Paix, les passants reculaient. Ceux qui ne pouvaient oublier la saveur de ce plat raffiné venaient en acheter, le faisaient envelopper et rentraient le manger chez eux. Ceux qui osaient prendre place dans la salle faisaient triste figure, comme à un repas d'enterrement, et ne desserraient pas les dents. Le patron, toujours en colère, alla se plaindre bruyamment au commissariat de l'attitude grossière des policiers qui lui avait causé un préjudice irréparable ; ils devaient baisser les impôts sur le chiffre d'affaires de son commerce, restaurer sa réputation et l'indemniser pour ses pertes.

Lao Ge aussi était accablé de soucis. Il n'aurait pas imaginé que sa fille refuserait de suivre la voie qu'il lui avait tracée. Elle ne voulait pas quitter le jardin d'enfants privé où elle travaillait, arguant qu'elle touchait un bon salaire, était indépendante et aimait vivre avec les enfants. Etonné, il tenta de se renseigner discrètement et découvrit que sa fille était dans les meilleurs termes avec le père d'un enfant dont elle s'occupait à la crèche ; il travaillait au Centre des impôts, avait perdu sa femme trois ans plus tôt et était de dix-huit ans son aîné. Lao Ge était rarement d'accord avec sa femme, mais cette fois, au sujet des amours de leur fille, ils étaient du même avis. Comment une jeune vierge pourrait-elle épouser un veuf avec un enfant ?

Lao Ge jugea que, si sa fille refusait le poste pour lequel il n'avait pas ménagé ses efforts, il ne devait pas pour autant s'avérer vaincu, il ne voulait pas que sa peine et l'argent dépensé auprès de Dents de Fer fussent vains. Il désirait devenir cadre, que la directrice Luo Mei lui donne de l'avancement, ne fût-ce que comme sous-chef de section ; sa fonction d'adjoint serait modifiée, son salaire augmenté et sa retraite assurée. Dents de Fer ne s'embarrassa pas de politesses :

« Quelle contribution as-tu apportée au service pour justifier ton avancement ?

— Quand on connaît quelqu'un parmi les officiels, même un imbécile peut devenir chef. Voici deux exemples dont tu as connaissance : le fils de la famille X n'est même pas diplômé du secondaire, il est stupide et borné, mais grâce à la position en vue de son oncle, il est rapidement passé d'employé de bureau d'une entreprise à sous-chef de bureau d'un organisme social ; un certain Y a offert deux cent mille yuans à Qiu Deming, et en moins de trois mois, il est passé de sous-chef du Comité agricole à sous-directeur permanent du service des ressources humaines. »

Voyant Dents de Fer sans réaction, Lao Ge lui montra la vidéo qu'il avait prise en disant : « Ces temps-ci, avec mes soucis, je dors mal et j'ai des trous de mémoire ; j'ai égaré mon portable deux fois de suite ; heureusement, je l'ai retrouvé à chaque fois, mais si jamais je le perdais encore et qu'il tombait dans de mauvaises mains, tu risquerais de gros ennuis ! »

Saisi par un furieux sentiment de haine, Dents de Fer lui lança ; « Peut-on imaginer pire fripouille que toi ? »

Il le menaça, si Lao Ge le poussait à bout, de s'adresser à la pègre pour provoquer un accident de la circulation ou pour dissimuler du poison dans la nourriture qu'il achèterait, de façon à mettre fin à sa triste vie. Rien n'était plus facile. A ce discours, Lao Ge sentit mille tonnerres s'abattre sur sa tête ; livide, bouche bée, il était incapable de proférer le moindre mot. Car il était sûr et certain que Dents de Fer était capable des pires choses.

Cet entretien fit perdre l'appétit et le sommeil à Lao Ge : il rasait les murs dans la rue, et lorsqu'il traversait aux carrefours, même avec les feux au vert pour les piétons, il regardait à droite et à gauche, de peur qu'une voiture envoyée par Dents de Fer ne le renverse et lui fasse rendre l'âme. Quand il allait à l'épicerie acheter du bœuf au soja ou des pieds de porc à l'ail, son achat fait, songeant aux relations amicales de Dents de Fer avec le patron, il le soupçonnait d'avoir empoisonné les plats ; il les avait achetés, il était trop tard pour les rendre, mais dès qu'il était sorti, il les jetait à un chien errant. Pour l'animal, c'était un repas de fête qu'il dévorait avec plaisir. Lao Ge l'épiait pour voir s'il était pris de convulsions, l'écume à la gueule, mais rien de tel n'arrivait et il rentrait chez lui, suivi jusqu'à sa porte par le chien qui agitait la queue, plein d'espoir. Il était découragé.

La deuxième fois où Noiraud et Dexiu firent l'amour leur apporta à tous deux la même angoisse. Ils attendirent en tremblant le châtiment du Ciel, tout en mourant d'envie de recommencer. Tous les jours, Noiraud allait lancer de la nourriture à la cigogne convalescente et il en profitait pour saluer l'empreinte de leurs corps sur l'herbe humide au bord de la rivière ; comme pour lui faire un clin d'œil, l'herbe ne s'était pas encore redressée. Il se disait qu'à la fin de l'année, s'ils étaient encore en vie, il encouragerait Dexiu à revenir dans le monde et il l'épouserait. C'est pour cette raison qu'un jour où il était retourné en ville se faire couper les cheveux et manger des raviolis, il demanda à sa fille de libérer sa chambre avant la fin de l'année et de retirer l'enseigne de pension de famille, car il allait revenir habiter chez lui. Avec un regard plein de mépris, Zhang Kuo voulut savoir pourquoi. Il répondit que Zhang Shusen en ferait sa chambre nuptiale. Songeant à l'intitulé du compte en banque, Zhang Kuo eut un coup au cœur et demanda d'une voix tremblante : « Qui est ce, Zhang Shusen ? » Noiraud, d'une voix pleine d'amertume, répondit : « Tu ne sais même plus qui est ton père ! »

Zhang Kuo découvrait enfin que, comme Dents de Fer qu'elle méprisait, elle aimait ce père simple d'esprit. Que son père retrouve une claire conscience et elle se sentait malheureuse, comme perdue dans une tempête de neige. Après le retour de Noiraud à la réserve, elle but sans mesure pendant plusieurs jours, et dans les brumes de l'ivresse, elle se livra à toutes sortes de réflexions ; fidèle à sa philosophie simpliste de la vie, elle conclut que l'on finissait toujours par mourir ; riche ou pauvre, c'était la même fin ; que son père soit à même de lui donner des ordres, c'était quand même un bonheur. C'est pourquoi elle se soumit à sa demande : elle décida de remettre en état avant la fin de l'année la maison qu'elle occupait et demanda à son mari d'expulser la famille à laquelle elle avait loué leur propre maison, parce que son père allait se marier. Son mari s'exclama : « Un benêt qui a déjà un foutu pied dans la tombe, comment pourrait-il se marier ? »

De qui son père pouvait-il être amoureux ? Elle avait beau chercher, elle ne voyait pas. Il vivait à la réserve ; quand il revenait en ville, il fréquentait toujours les mêmes endroits, pourrait-il s'être attaché à une personne du salon de coiffure ou du restaurant de raviolis ? Elle passa en revue les femmes qu'il pouvait connaître, sans en trouver aucune susceptible de l'attirer : elles étaient toutes mariées, des épouses respectables et satisfaites de leur sort. Donc, le problème devait venir de la réserve, et là-bas, le seul endroit où l'on pouvait rencontrer des femmes était le temple de la Déesse dont ils n'étaient séparés que par la rivière. Se serait-il attaché à une nonne ?

Zhang Kuo ne fréquentait pas le temple, mais les trois nonnes n'étaient pas des inconnues pour elle. Surtout Chen Jinxiu, devenue la révérende Dexiu. Tout le monde à Wacheng était au courant de son entrée en religion. Récemment, le peintre qui prenait pension chez Zhang Kuo était souvent allé au temple et il en avait rapporté des esquisses qui lui avaient fait découvrir les deux autres nonnes. La vénérable Huixue était grande et maigre, le regard bienveillant, l'air posé, elle semblait au-dessus du commun et détachée du monde ; quant à Yunguo, tout en portant la robe de nonne, elle était bien faite, le visage séduisant ; elle faisait penser aux femmes un peu vulgaires des vieux chromos en couleur. Si son père s'était attaché à une nonne, ce devait être Chen Jinxiu. Ils avaient le même âge et se connaissaient depuis longtemps. Sur les croquis du peintre, elle donnait l'impression de se débattre dans un bourbier amoureux, hébétée, l'air défait.

Zhang Kuo songea que si son père voulait épouser Chen Jinxiu, elle s'y opposerait catégoriquement. Après s'être faite nonne, si elle revenait dans le monde pour se marier, elle serait mal jugée. D'ailleurs, elle était née sous une mauvaise étoile et portait malheur à ceux qui se liaient à elle.

La veille de la fête de la Mi-Automne, Zhang Kuo acheta des gâteaux de lune, prit un taxi pour aller voir son père et s'informer de ses projets. Elle passa d'abord au temple pour se prosterner devant la déesse Guanyin et voir sur le toit du sanctuaire les cigognes dont tout le monde parlait. Elle n'aperçut qu'une cigogne, perchée sur une patte, la tête enfoncée dans les épaules, l'air méditatif. Des plumes blanches comme neige, et des plumes noires irisées de reflets pourpres et verts; des pattes de couleur vive, tels des lis rouges épanouis.

Après avoir admiré la cigogne, Zhang Kuo se dirigea vers la sortie en passant par le potager où elle vit la nonne Dexiu en train d'arracher des navets. La bonne terre du temple était meuble, mais la tâche l'épuisait, la mettant à bout de souffle. Quand elle secoua la terre collée au navet, des gouttes de sueur glissèrent sur le réseau de rides qui ravageait son visage.

Zhang Kuo s'éclaircit la voix et, l'appelant tante Chen, lui demanda: « Me reconnaissez-vous? Je suis la fille de Zhang Shusen. » A ces mots, Dexiu chancela et faillit s'affaler par terre; elle se raidit pour ne pas tomber, se redressa lentement pour regarder Zhang Kuo et bredouilla comme pour elle-même: « C'est toi... je te reconnais... par Amitabha... si tu veux me fouetter... je me laisserai faire... par Amitabha... quand on a commis une faute, on doit être puni... » Ces propos incohérents firent comprendre à Zhang

Kuo que c'était bien elle qui avait une liaison avec son père. Les gouttes de sueur qui sillonnaient les rides de Dexiu n'avaient pas eu le temps de tomber, lui donnant l'impression d'une chenille qui la démangeait ; elle jeta le navet pour essuyer sa sueur de ses mains maculées de terre ; terre et sueur mêlées, incrustées dans ses rides, formaient un sinueux mur serpentant sur son visage. Zhang Kuo en ressentit un violent coup au cœur, elle sortit précipitamment du temple, monta dans le taxi et rentra directement en ville sans passer par la réserve. Les larmes aux yeux, elle mangea les gâteaux de lune destinés à son père. Ils étaient sucrés, mais sa bouche comme son cœur étaient submergés par l'amertume.

18

Le temps se refroidit, le givre fit son apparition. Le bassin de la Jinweng passa rapidement du début au cœur de l'automne ; les feuilles des arbres de la forêt et l'herbe des berges humides changeaient d'un jour à l'autre ; la nature entra dans une période de fortes émotions.

Regardez ! Une feuille juste porteuse hier d'un soupçon de jaune, touchée par le givre ce matin, puis offerte au soleil, comme enivrée par un vin capiteux, a viré au jaune d'or. Une autre feuille, à peine teintée de rouge aujourd'hui, battue toute la nuit par un vent froid, aspire avidement les rayons du premier soleil, et son visage s'empourpre aux flammes de l'astre. Le vent se fait alors entremetteur : au matin, il laisse les deux feuilles s'observer à distance, l'après-midi, il les souffle l'une vers l'autre, elles s'étreignent étroitement ; elles qui ne se connaissaient pas hier, l'une de peuplier, l'autre de bouleau, empoignées par le vent, détachées de leur arbre, volent, volent avant de se laisser choir au même endroit, un fossé peut-être, ou un tapis d'aiguilles de pin, où elles s'épousent. Un mariage initié par le vent, aussi fou que bref. Une violente averse d'automne, et voilà herbes et feuilles trempées qui s'altèrent, leur visage se couvre de pustules, elles se fissurent, partent en lambeaux, toute splendeur disparue. Posés sur elles, les insectes d'automne gémissent sur ce triste sort.

Pour faire des réserves de chaleur à la veille de l'hiver, les bêtes consomment des champignons secs, des baies flétries, des pignons de pin et des glands, ou les emportent dans leur tanière. Les oiseaux des rives de la Jinweng préparent leur migration. A l'image des humains qui font leurs bagages pour partir en voyage, ils accumulent de l'énergie. Leurs bagages sont leurs ailes ; pour les rendre plus robustes, ils vont pêcher poissons et crevettes dans la rivière et se jettent avidement sur le grain distribué par la réserve. Avec plus d'ardeur qu'avant, ils s'entraînent à voler, de la rivière jusqu'à une gorge dans la montagne, d'un buisson bas jusqu'au faîte d'un arbre, surtout les jeunes nés sur place qui seront obligés de suivre le rythme des volées d'adultes pour éviter d'être ensevelis dans les tempêtes de neige ; ils doivent endurcir leurs ailes, comme de vraies épées, pour trancher le ciel immense. Ils savent que le firmament aussi génère des épreuves, avec ses flux d'air changeants et ses bourrasques imprévues. Pareillement, leurs ennemis naturels sont prêts à les prendre en chasse pour se repaître d'eux. C'est pourquoi montagne et forêt ne sont pas en paix ; en cette saison, les ramures sans feuilles, n'étant plus désormais imprégnées d'humidité, font caisse de résonance. Les envols et atterrissages des oiseaux, le bruit de leurs ailes battant les feuilles mortes, tels des applaudissements, s'éteignant ici pour repartir là-bas, semblent féliciter sans cesse la nature pour ses exploits.

Après la foire du temple à la mi-automne, Yunguo partit en voyage. Depuis son arrivée au temple, c'était sa première absence. Elle ne dit pas où elle allait, elle annonça simplement son retour avant la neige. Les gens de Wacheng, quand ils parlaient d'elle, ne l'encensaient guère : pour certains, elle allait s'occuper des biens qu'elle tenait du fonctionnaire corrompu ; pour d'autres, elle partait subir une opération esthétique ; pour d'autres encore, elle se disposait en secret à retrouver un amant. Pour Dents de Fer, si elle allait rencontrer un homme, c'était sûrement Shi Bingde. Il encourageait Cao Liang, quand il irait à Wacheng, à téléphoner à Shi Bingde pour lui demander s'il avait rencontré Yunguo.

Les oiseaux n'étaient pas les seuls à se préparer au départ, les migrateurs humains aussi. Les visiteurs du temple de la Déesse se raréfiaient, les estivants remontaient leur col dans le vent aigre, ils donnaient congé à l'hôtel ou à leur location pour s'envoler vers le sud. Les migrateurs natifs de Wacheng faisaient eux aussi leurs préparatifs, réglaient le chauffage de leur maison qui allait rester inoccupée pendant la mauvaise saison et préparaient leurs bagages. A part les vêtements dont ils avaient besoin pour passer l'hiver dans le Sud, leurs nombreux paquets contenaient des produits locaux, champignons, oreilles du diable, noisettes et pignons de pin, légumes et fruits séchés tels que haricots verts, courges et baies sauvages, ainsi que haricots rouges, soja, riz et millet du Nord-Est dont ils ne pouvaient se passer. Il y avait encore le panier qui abriterait leur animal favori, chat ou chien.

A cette époque, si vous alliez faire un tour dans la rue de la Paix, vous constatiez que les salutations des migrateurs n'avaient rien à voir avec celles entendues au temps de leur arrivée. Au printemps, ils se plaignaient : « Ah là là ! Il fait quand même un peu froid ! Ce n'est vraiment pas l'endroit idéal pour un séjour ! » A présent, on entendait : « Quel jour est votre vol ? Si nous tardons à partir, à l'arrivée de la neige, il faudra s'emmitoufler dans des vêtements ouatés ! » Les vieillards qui n'avaient pas les moyens de partir, les oiseaux sédentaires faisaient une moue dégoûtée quand ils entendaient ces échanges. Dans le sifflement du vent, les mains cachées dans leurs manches, ils s'engouffraient dans un débit de boissons pour boire tout leur soûl ; s'ils se retrouvaient à plusieurs, ils se mettaient à commenter la légende des oiseaux migrateurs : « A quoi bon migrer ? Vous voyez bien ! Cet hiver, maître Qiu et Zhuang Rulai ne peuvent plus s'envoler vers le sud. Finalement leurs cendres vont bel et bien être enterrées à Wacheng ! »

Les migrateurs partaient quand même pour le sud les uns après les autres ; une intense activité régnait à l'aérodrome et à la gare.

Lors de la foire de la mi-automne au temple, l'ex-mari de Dexiu se livra à une pénible exhibition. Il ne chercha pas à importuner Dexiu ; il avait trouvé un moyen plus sophistiqué pour récolter de l'argent. Il apporta une cage remplie de moineaux qu'il vendit aux fidèles pour les remettre en liberté. Larmoyant, la morve au nez, il égrenait ses malheurs, et les visiteurs pris de compassion lui achetaient les moineaux un bon prix, puis ils les libéraient. Les oiseaux retrouvaient la liberté tandis que ses poches se remplissaient. Dexiu observa son manège sans amertume ; elle était devenue insensible, préoccupée chaque jour uniquement par la certitude du châtiment.

Quand elle buvait un verre d'eau, elle s'attendait à mourir étouffée ; quand elle franchissait un seuil, elle s'attendait à trébucher et à s'écrouler, sans vie ; quand elle hachait des légumes, elle s'attendait à ce que le couteau lui échappe des mains pour lui trancher la tête ; quand elle cheminait la nuit, elle s'attendait à l'attaque d'un loup qui la dévorerait jusqu'à la moelle. Elle croyait que la sanction tardait à venir parce qu'elle n'était pas encore assez tourmentée, aussi alla-t-elle trouver Noiraud pour lui demander de faire l'amour ; à son avis, plus elle serait coupable, plus vite elle serait envoyée en enfer.

Noiraud était alors bien plus lucide qu'elle : il lui prit la main, mais refusa d'acquiescer à sa demande ; ils devaient attendre qu'elle revienne dans le monde pour vivre ensemble honorablement et partager le même lit. Dexiu s'en alla, désespérée ; au moment de passer le pont du Croissant de Lune, elle soupirait sans cesse, songeant que la vilaine pensée qu'elle avait eue était aussi grave que l'acte lui-même. Si le châtiment ne s'abattait pas sur elle en cette vie, il viendrait lors de sa prochaine réincarnation. Que deviendrait-elle ? Une bête de somme, bœuf ou cheval, fouettée chaque jour par un maître cruel, à moins qu'elle ne soit jetée dans les affreuses souffrances des feux de l'enfer. Obsédée par la peur, elle sentait ses cheveux se dresser sur sa tête. Elle contempla longuement le chalet de la réserve, le regard perdu.

Depuis le départ de Yunguo, elle était chargée des tâches de l'absente, comme alimenter les veilleuses. Mais quand elle ne faisait pas déborder l'huile, elle se trompait et la versait dans les vases à fleurs disposés sur les autels. Au comptoir de vente d'objets religieux, quand un fidèle voulait acheter un chapelet d'ambre « Eveil du Septentrion » vendu soixante-dix ou quatre-vingts yuans, si elle recevait un billet de cent yuans, elle en rendait un de cinquante. L'acheteur lui tendait le billet en disant qu'elle lui rendait trop et qu'elle donne plutôt de la monnaie, mais elle s'énervait et bredouillait : « Qu'est-ce qui est beaucoup, qu'est-ce qui est trop peu ? » Elle ne distinguait plus la valeur des billets.

Après la chute des feuilles, les deux rives de la Jinweng parurent plus vastes. Le vent, tel un pinceau vigoureux, avait apuré les lignes de l'exubérant tableau estival, retranché le superflu et donné plus de force à l'ensemble. Avant leur migration, les oiseaux en vol frôlaient la surface de l'eau, dessinant des cercles concentriques imbriqués les uns dans les autres, véritable baiser d'adieu à la Jinweng. Les martinets partirent les premiers, bientôt suivis des canards ; voyant les feuilles mortes s'amonceler et le givre s'épaissir, les oies se mirent en ordre de vol, dans l'attente du départ. Une des familles de cigognes installées cette année pour la première fois près de la Jinweng avait déjà pris son envol.

Voyant les migrateurs filer vers le sud les uns après les autres, Noiraud s'inquiéta pour la cigogne blessée, car à chaque tentative d'envol, elle devait courir longtemps au sol avant de s'élever lourdement, sans parvenir à prendre de la hauteur. Cao Liang n'obéit pas à Shi Bingde, il n'attendit pas le départ des derniers oiseaux pour fermer l'antenne de recherche et retourner au chef-lieu. Dents de Fer traînait en ville la plupart du temps ; il lui arrivait de faire un saut en voiture pour apporter un peu de nourriture, sans rester passer la nuit. Il avertit Noiraud que dès le départ des oies et des cigognes, ce serait la fin de la saison et qu'il pourrait rentrer en ville. Si la cigogne blessée ne partait pas, inutile de s'en occuper, il fallait l'abandonner à son sort.

Noiraud déclara qu'il ne s'en irait pas tant que la cigogne n'aurait pas quitté la réserve.

« La cigogne est un alibi, dit Dents de Fer, en réalité, tu t'inquiètes pour Dexiu, n'est-ce pas ? »

Sans se cacher, Noiraud répondit le plus sérieusement du monde : « Moi, je m'inquiète pour les deux. Il faut que la cigogne s'envole ; quant à la nonne du temple de la Déesse, je lui demanderai de laisser repousser ses cheveux, car cet hiver, j'ai l'intention de l'épouser et de vivre avec elle. »

Dents de Fer éclata de rire, persuadé que Noiraud divaguait.

Par un matin clair, les oies se rassemblèrent au bord de la rivière comme pour une cérémonie d'adieu, en cacardant et se donnant de petits coups d'ailes, puis elles s'envolèrent en bandes, se regroupant dans le ciel pour former le caractère de l'homme 人. Dans le firmament, leur formation évoquait un puissant navire de guerre.

Le dernier groupe de cigognes choisit de partir au crépuscule. Trois adultes guidant cinq jeunes nés sur place prirent leur envol au coucher du soleil. Une cigogne mâle ouvrait la voie, sa femelle au milieu des cinq jeunes à sa suite sur une même ligne horizontale, et la femelle du couple fixé au temple de la Déesse volait en arrière-garde. Avant le grand départ, elle était venue voir son compagnon. Ils avaient échangé des mots tendres, se caressant doucement, manifestant la douleur de la séparation. Quand elle partit rejoindre ses petits, à l'instant où elle s'envola dans le soleil couchant couleur de sang, elle parut emporter le soleil dans son bec ; le blessé, resté seul à terre, tendit la tête vers le ciel en lançant de longs gémissements.

Les matins de givre se succédaient, avertissements de la nature que l'hiver arrivait. Les oiseaux migrateurs partis, sur les pentes, la forêt retrouva pour un temps le silence. La cigogne restée sur place ne se laissa pas abattre. Seule dans le vent glacial, elle s'élançait dans le ciel avec courage, retombait encore et encore, puis recommençait sans se lasser. Chaque fois qu'il entendait le bruit sourd de sa chute, Noiraud en avait le cœur serré. Il se disait que si l'oiseau ne parvenait pas à s'envoler avant la neige, il le mettrait à l'abri dans le chalet pour le nourrir tout l'hiver ; il ne voulait pas que sa compagne ne retrouve aucune trace de lui quand elle reviendrait au printemps.

Pour faire les préparatifs nécessaires au maintien de la cigogne dans le chalet, Noiraud alla même jusqu'à repousser la date de son mariage. Il remit le foyer en état, reblanchit les murs qui s'écaillaient, cloua du plastique aux fenêtres pour les isoler du froid et enveloppa de feutre la poutre du seuil. Il alla en montagne récolter du bois, car le foyer en avalerait une énorme quantité durant l'hiver. Un après-midi, il allait partir dans la forêt quand il entendit craqueter dans le ciel : c'était une cigogne qui revenait ; elle vola directement vers le blessé resté sur la rive. Tout heureux, Noiraud se précipita vers la Jinweng où il reconnut la compagne de l'oiseau blessé. Après avoir mené à bien la migration des jeunes, elle n'avait pu se résoudre à abandonner son époux.

« La neige arrive, ne tardez pas, il est grand temps de partir… » Noiraud leur lançait à manger tous les jours en leur prodiguant ces encouragements. Comme s'ils le comprenaient, ils s'entraînaient sans relâche, luttant contre la montre. Partant du bord de la rivière, la femelle ouvrait la voie et le mâle la suivait, volant de plus en plus loin, de plus en plus haut. Enfin, sous un ciel menaçant, ils s'élancèrent ensemble de la rivière couverte d'une mince couche de glace, et Noiraud finit par les perdre de vue.

Ce soir-là, après avoir dîné, Noiraud se rasa et partit pour le temple de la Déesse. Il avait l'intention de demander à la vénérable Huixue d'autoriser Dexiu à renoncer à ses vœux pour revenir dans le monde; pourtant, arrivé à mi-chemin, il songea que comme Yunguo n'était pas encore revenue, s'il emmenait Dexiu, Huixue se retrouverait seule au temple. Comment serait-ce possible?

Alors il rebroussa chemin. A ce moment-là, des flocons se mirent à voltiger, le bruissement étouffé de la neige lui fit penser que le couple de cigognes était vraiment parti à temps.

Le lendemain matin, il dormait encore quand il fut réveillé par deux coups frappés à la porte. C'était Dexiu. Comme la neige lui brouillait la vue, elle ne distinguait pas la fumée du chalet et elle en avait conclu que le Bouddha avait châtié Noiraud et qu'il était mort; elle venait donc voir ce qui lui était arrivé. De toute façon, elle avait décidé de faire fi de tous les obstacles pour le revoir une dernière fois, et elle était partie avec son bâton. Dans sa hâte, elle avait fait une chute en chemin, le bâton lui avait échappé, il était tombé dans le précipice et elle n'avait pas cherché à le récupérer.

Elle prépara le repas du matin pour Noiraud, ils mangèrent chacun un bol de nouilles, puis sortirent ramasser du bois dans la montagne. Sous la couche de neige, le bois était invisible; d'ailleurs, possédés par le sentiment de sécurité et de bonheur que leur procurait cette marche silencieuse ensemble, ils oublièrent bientôt pourquoi ils étaient sortis, avançant toujours plus loin vers le sud. Il devait être midi quand ils sentirent la faim et songèrent à revenir sur leurs pas. C'est alors que Dexiu crut apercevoir des fleurs rouges brillant sur la neige dans le bois de pins. « Par Amitabha ! » s'écria-t-elle, et elle entraîna Noiraud en courant. Ces fleurs écloses dans la neige étaient les pattes éclatantes des cigognes. Le couple qui avait niché au temple n'avait finalement pas échappé à la tempête de neige.

Les deux oiseaux ne respiraient plus ; ils gisaient dans la neige, aile contre aile, comme s'ils dormaient, enlacés. Noiraud dit à Dexiu en les désignant : « Celui-ci s'appelle Shusen, celle-là, c'est Dexiu. Moi et toi, toi et moi, même si nous y perdons la vie, nous devons les ensevelir, sinon, les corbeaux et les rapaces, attirés par leurs dépouilles, viendront les dévorer. »

Sous la neige, le sol n'était pas encore gelé, mais sans outils, ils n'avaient que leurs dix doigts pour creuser la tombe des deux grands oiseaux. Dans le vent et la neige, alternant travail et repos, ils s'évertuèrent à creuser, de midi jusqu'à la tombée de la nuit, et leurs doigts en furent déchirés. Quand ils mirent les cigognes en terre, des gouttes de sang tombèrent de leurs doigts blessés sur les oiseaux, fleurs de prunier rouges sur les plumes blanches. Les oiseaux retournèrent à la terre dans cette éclatante parure.

Il faisait nuit quand ils eurent terminé. Ils étaient affamés et complètement épuisés. Ils prirent le chemin du retour à pas lourds, mais ils n'arrivaient pas à s'orienter ; le vent furieux qui balayait la neige avait depuis longtemps effacé leurs traces. Ils auraient eu besoin d'un repère lumineux pour guider leurs pas, mais le ciel couvert les empêchait de distinguer la Grande Ourse. Aucune lumière humaine n'était là pour leur montrer la voie.

Achevé d'imprimer sur les presses
de l'imprimerie Liberduplex
Sant Llorenç d'Hortons (Barcelone),
Espagne

Dépôt légal : octobre 2022